周作人著作

自己的园地

锺叔河——编订

岳麓书社·长沙

晨报本《自己的园地》

北新本《自己的园地》

编者的话

钟叔河

一九八七年一月七日《光明日报》上，岳麓书社刊出了我拟稿的一帧广告（左图），宣布了书社和我对重印周作人著作的观点：

“人归人，文归文。周作人其人的是非功过是另一问题，其书的主要内容是对传统文化和国民性进行反思，对中国—西方和中国—日本的文化历史进行比较研究，今之读者却不可不读。……”

随即便开始出书。既出周作人著作的单行本，也出精装合订本。两年之间，出了二十四种。

书当然不是想出便能出的，得按规矩，走程序。周家授权了，报告批复了，宋木文、杨牧之、伍杰各位领导都当面或来信表示应允和支持了，便能够出了。

出就得出好。当时强调了两条：（一）因为均系据旧本重印，所以一定要认真校订，尽力改正旧本误植失校的错误；（二）因为手稿不存，无法对勘，所以一定要详出校记，改动处一概保留原文，承担责任。

这两条，读者看来大都是认可的。直到如今，在旧书网上，八十年代“岳麓版”的周作人著作，始终都卖得不错。

现在，岳麓书社决定又来重版周作人著作，仍然要我负责编订，做法则一仍其旧。还是这些书，还是这两条，新的广告也就不必再做了。

鄢琨君三十年前和我同编了这些书，此次仍然合作，所有案头工作都是他做，各书重版说明也多是他写的。校记原列表在书末，如今改作尾注。鄢君新增校改之处，标出“鄢校”，特此说明，并志感谢。

二〇一八年五月十五日于长沙。

重版说明

《自己的园地》于一九二三年九月由北京“晨报社出版部”初版印行，为《晨报社丛书》第十一种。有自序一篇，代跋一篇。收文计《自己的园地》十八篇，《绿洲》十五篇，杂文二十篇，共五十三篇。

一九二七年二月，作者将书重加编订，抽出杂文二十篇及自序、代跋（先后入另集），加入《茶话》二十三篇（另有附录三篇），新写了小引一篇，改由上海北新书局出版。

“自己的园地”和“绿洲”，原是作者一九二二和二三年在《晨报副镌》上发表随笔的专栏名，“茶话”则是一九二六年在《语丝》上的专栏名。但入集的次序与报刊发表的次序并不全同，篇目也有变动。

本社一九八七年七月据北新本校订印行，并于小引之后补入晨报本旧序，此次仍据该本加校重版。

原本的插图，因复制为难，没有收入。

目　录

小引 …… 1
旧序 …… 2

□自己的园地

自己的园地 …… 6
文艺上的宽容 …… 9
国粹与欧化 …… 13
贵族的与平民的 …… 17
诗的效用 …… 21
古文学 …… 26
文艺的统一 …… 30
文艺上的异物 …… 34
神话与传说 …… 39
歌谣 …… 44
谜语 …… 49

论小诗 …… 54
情诗 …… 64
《阿丽思漫游奇境记》 …… 69
《沉沦》 …… 74
《王尔德童话》 …… 80
《你往何处去》 …… 85
《魔侠传》 …… 89

□绿洲

《绿洲》小引 …… 95
《镡百姿》 …… 96
法布耳《昆虫记》 …… 99
猥亵论 …… 103
文艺与道德 …… 108
《歌咏儿童的文学》 …… 119
《俺的春天》 …… 124
儿童剧 …… 129
玩具 …… 133
儿童的书 …… 137
《镜花缘》 …… 142
《旧梦》 …… 146
《世界语读本》 …… 150

《结婚的爱》 …………………………………… 154
《爱的创作》 …………………………………… 158
《梦》 ………………………………………… 163

□茶话

《茶话》小引 …………………………………… 168
抱犊固的传说 …………………………………… 169
永乐的圣旨 …………………………………… 172
《保越录》 …………………………………… 175
芳町 ………………………………………… 177
蛮女的情歌 …………………………………… 179
《艳歌选》 …………………………………… 181
明译《伊索寓言》 ……………………………… 184
再关于伊索 …………………………………… 188
《遵主圣范》 …………………………………… 190
附录一：再论《遵主圣范》译本（陈垣） … 195
附录二：三论《遵主圣范》译本（张若谷）
…………………………………………… 205
塞文狄斯 …………………………………… 209
和魂汉才 …………………………………… 213
回丧与买水 …………………………………… 215
约翰巴耳 …………………………………… 218

花煞 …… 221
附录：结婚与死（顺风） …… 224
爆竹 …… 229
心中 …… 232
希腊女诗人 …… 239
《马琴日记抄》 …… 244
牧神之恐怖 …… 248
文人之娼妓观 …… 250
菱角 …… 254
疟鬼 …… 258
耍货 …… 260

小引[1]

《自己的园地》原系一九二三年所编成，内含“自己的园地”十八篇，“绿洲”十五篇，杂文二十篇。今重加编订，留存“自己的园地”及“绿洲”这两部分，将杂文完全除去，加上“茶话”二十三篇，共计五十六篇，仍总称《自己的园地》。插画五页，除“小妖与鞋匠”系旧图外，其馀均系新换。原有杂文中，有五篇已编入《雨天的书》，尚有拟留的五篇当收入《谈虎集》内。

一九二七年二月一日，周作人记。

【锺校】

①《自己的园地》原为《晨报副镌》之随笔专栏，一九二三年编集成书由晨报社出版，另有序文；后经增删重订，一九二七年改由北新书局出版，才作此“小引”。

旧序[①]

这一集里分有三部，一是“自己的园地”十八篇，一九二二年所作，二是“绿洲”十五篇，一九二三年所作，三是杂文二十篇，除了《儿童的文学》等三篇外，都是近两年内随时写下的文章。

这五十三篇小文，我要申明一句，并不是什么批评。我相信批评是主观的欣赏不是客观的检察，是抒情的论文不是盛气的指摘；然而我对于前者实在没有这样自信，对于后者也还要有一点自尊，所以在真假的批评两方面都不能比附上去。简单的说，这只是我的写在纸上的谈话，虽然有许多地方更为生硬，但比口说或者也更为明白一点了。

大前年的夏天，我在西山养病的时候，曾经做过一条杂感曰《胜业》，说因为“别人的思想总比我的高明，别人的文章总比我的美妙”，所以我们应该少作多译，这才是胜业。荏苒三年，胜业依旧不修，却写下了几十篇无聊的文章，说来不免惭愧，但是仔细一想，也未必然。我们太要求不朽，想于社会有益，就太抹杀了自己；其实不朽决不是著作的目的，有益社会也并非著者的义务，只因他是这样想，要这样说，这才是一切文艺存在的根据。我们的思想无论如何浅陋，文章如何平凡，但自己觉得要说时便可以大胆的说出来，因为文艺只是自己的表现，所以凡庸的文章正是凡庸的人的真表现，比讲高雅而虚伪的话要诚实的多了。

世间欺侮天才，欺侮着而又崇拜天才的世间也并轻蔑庸人。人们不愿听荒野的叫声，然而对于酒后茶馀的谈笑，又将凭了先知之名去加以诃斥。这都是错的。我想，世人的心与口如不尽被虚伪所封锁，我愿意倾听"愚民"的自诉衷曲，当能得到如大艺术家所能给予的同样的慰安。我是爱好文艺者，我想在文艺里理解别人的心情，在文艺里找出自己的心情，得到被理解的愉快。在这一点上，如能得到满足，我总是感谢的。所以我享乐——我想——天才的创造，也享乐庸人的谈话。世界的批评家法兰西（Anatole France）在《文学生活》（第一卷）上说：

> 著者说他自己的生活，怨恨，喜乐与忧患的时候，他并不使我们觉得厌倦。……

因此我们那样的爱那大人物的书简和日记，以及那些人所写的，他们即使并不是大人物，只要他们有所爱，有所信，有所望，只要在笔尖下留下了他们自身的一部分。若想到这个，那庸人的心的确即是一个惊异。

我自己知道这些文章都有点拙劣生硬，但还能说出我所想说的话；我平常喜欢寻求友人谈话，现在也就寻求想像的友人，请他们听我的无聊赖的闲谈。我已明知我过去的蔷薇色的梦都是虚幻，但我还在寻求——这是生人的弱点——想像的友人，能够理解庸人之心的读者。我并不想这些文章会于别人有什么用处，或者可以给予多少怡悦；我只想表现凡庸的自己的一部分，此外并无别的目的。因此我把近两年的文章都收在里边，除了许多讽刺的“杂感”以及不惬意的一两篇论文；其中也有近于游戏的文字，如《山中杂信》等，本是“杂感”一类，但因为这也可以见我的一种癖气，所以将他收在本集里了。

我因寂寞，在文学上寻求慰安：夹杂读书，胡乱作文，不值学人之一笑，但在自己总得了相当的效果了。或者国内有和我心情相同的人，便将这本杂集呈献与他；倘若没有，也就罢了。——反正寂寞之上没有更上的寂寞了。

一九二三年七月二十五日，在北京。

【锺校】

①北新本《自己的园地》未收此序，此据“晨报本”收入，题中“旧”字为编者所加。

自己的园地[1]

一百五十年前，法国的福禄特尔做了一本小说《亢迭特》(*Candide*)，叙述人世的苦难，嘲笑“全舌博士”的乐天哲学。亢迭特与他的老师全舌博士经了许多忧患，终于在土耳其的一角里住下，种园过活，才能得到安住。亢迭特对于全舌博士的始终不渝的乐天说，下结论道：“这些都是很好，但我们还不如去耕种自己的园地。”这句格言现在已经是“脍炙人口”，意思也很明白，不必再等我下什么注脚。但是现在把他抄来，却有一点别的意义。所谓自己的园地，本来是范围很宽，并不限定于某一种：种果蔬也罢，种药材也罢，——种蔷薇地丁也罢，只要本了他个人的自觉，在他认定的不论大小的地面上，用[2]了力量去耕种，便都是尽了他的天职了。在这平淡无奇的说话中间，我所想要特地申明的，只是在于种蔷薇地丁也是耕种我们自己的园地，与种果蔬药材，虽是种类不同而有同一的价值。

我们自己的园地是文艺，这是要在先声明的。我并非厌薄别种活动而不屑为，——我平常承认各种活动于生活都是必要，实在是小半由于没有这样的材能，大半由于缺少这样的趣味，所以不得不在这中间定一个去就。但我对于这个选择并不后悔，并不惭愧园地的小与出产的薄弱而且似乎无用。依了自己的心的倾向，去种蔷薇地丁，这是尊重个性的正当办法，即使如别人所说各人果真应报社会的恩，我也相信已经报答了，因为社会不但需要果蔬药材，却也一样迫切的需要蔷薇与地丁，——如有蔑视这些的社会，那便是白痴的，只有形体而没有精神生活的社会，我们没有去顾视他的必要。倘若用了什么大[3]名义，强迫人牺牲了个性去侍奉白痴的社会，——美其名曰迎合社会心理，——那简直与借了伦常之名强人忠君，借了国家之名强人战争一样的不合理了。

有人说道，据你所说，那么你所主张的文艺，一定是人生派的艺术了。泛称人生派的艺术，我当然是没有什么反对，但是普通所谓人生派是主张“为人生的艺术”的，对于这个我却略有一点意见。“为艺术的艺术”将艺术与人生分离，并且将人生附属于艺术，至于如王尔德的提倡人生之艺术化，固然不很妥当；“为人生的艺术”以艺术附属于人生，将艺术当作改造生活的工具而非终极，也何尝不把艺术与人生分离呢？我以为艺术当然是人生的，因为他本是我们感情生活的表现，叫他怎能与人生分离？“为人生”——于人生有实利，当然也是艺术本有的一种作用，但并非唯一的职务。总之艺术是独立的，却又原来是人性的，所以既不必使他隔离人生，又不必使他服侍人生，只任他成为浑然的人生的艺术便好了。“为艺术”派以个人为艺术的工匠，“为人生”派以艺术为人生的仆役，现在却以个人为主人，表现情思而成艺术，即为其生活之一部，初不为福利他人而作，而他人接触这艺术，得到一种共鸣与感兴，使其精神生活充实而丰富，又即以为实生活的基本；这是人生的艺术的要点，有独立的艺术美与无形的功利。我所说的蔷薇地丁的种作，便是如此。有些人种花聊以消遣，有些人种花志在卖钱；真种花者以种花为其生活，——而花亦未尝不美，未尝于人无益。

【锺校】

①《自己的园地》本为《晨报副镌》专栏，此为其第一篇。

②“用”原作“应”。

③“大”字据“晨报本”加入。

文艺上的宽容

英国伯利（Bury）教授著《思想自由史》第四章上有几句话道：“新派对于（罗马）教会的反叛之理智上的根据，是私人判断的权利，便是宗教自由的要义。但是那改革家只对于他们自己这样主张，而且一到他们将自己的信条造成了之后，又将这主张取消了。”这个情形不但在宗教上是如此，每逢文艺上一种新派起来的时候，必定有许多人，——自己是前一次革命成功的英雄，拿了批评上的许多大道理，来堵塞新潮流的进行。我们在文艺的历史上看见这种情形的反复出现，不免要笑，觉得聪明的批评家之希有，实不下于创作的天才。主张自己的判断的权利而不承认他人中的自我，为一切不宽容的原因，文学家过于尊信自己的流别，以为是唯一的“道”，至于蔑视别派为异端，虽然也无足怪，然而与文艺的本性实在很相违背了。

文艺以自己表现为主体，以感染他人为作用，是个人的而亦为人类的，所以文艺的条件是自己表现，其馀思想与技术上的派别都在其次，——是研究的人便宜上的分类，不是文艺本质上判分优劣的标准。各人的个性既然是各各不同（虽然在终极仍有相同之一点，即是人性），那么表现出来的文艺，当然是不相同。现在倘若拿了批评上的大道理要去强迫统一，即使这不可能的事情居然实现了，这样文艺作品已经失了他唯一的条件，其实不能成为文艺了。因为文艺的生命是自由不是平等，是分离不是合并，所以宽容是文艺发达的必要的条件。

然而宽容决不是忍受。不滥用权威去阻遏他人的自由发展是宽容，任凭权威来阻遏自己的自由发展而不反抗是忍受。正当的规则是，当自己求自由发展时对于迫压的势力，不应取忍受的态度；当自己成了已成势力之后，对于他人的自由发展，不可不取宽容的态度。聪明的批评家自己不妨属于已成势力的一分子，但同时应有对于新兴潮流的理解与承认。他的批评是印象的鉴赏，不是法理的判决，是诗人的而非学者的批评。文学固然可以成为科学的研究，但只是已往事实的综合与分析，不能作为未来的无限发展的轨范。文艺上的激变不是破坏（文艺的）法律，乃是增加条文；譬如无韵诗的提倡，似乎是破坏了“诗必须有韵”的法令，其实他只是改定了旧时狭隘的范围，将他放大，以为“诗可以无韵”罢了。表示生命之颤动的文学，当然没有不变的科律；历代的文艺在他自己的时代都是一代的成就，在全体上只是一个过程。要问文艺到什么程度是大成了，那犹如问文化怎样是极顶一样，都是不能回答的事，因为进化是没有止境的。许多人错把全体的一过程认做永久的完成，所以才有那些无聊的争执，其实只是自扰，何不将这白费的力气去做正当的事，走自己的路程呢。

近来有一群守旧[①]的新学者，常拿了新文学家的“发挥个性，注重创造”的话做挡牌，以为他们不应该“而对于为文言者仇雠视之”；这意思似乎和我所说的宽容有点相像，但其实是全不相干的。宽容者对于过去的文艺固然予以相当的承认与尊重，但是无所用其宽容，因为这种文艺已经过去了，不是现在的势力所能干涉，便再没有宽容的问题了。所谓宽容乃是说已成势力对于新兴流派的态度，正如壮年人的听任青年的活动；其重要的根据，在于活动变化是生命的本质，无论流派怎么不同，但其发展个性注重创造，同是人生的文学的方向，现象上或是反抗，在全体上实是继续，所以应该宽容，听其自由发育。若是“为文言”或拟古（无论拟古典或拟传奇派）的人们，既然不是新兴的更进一步的流派，当然不在宽容之列。——这句话或者有点语病，当然不是说可以“仇雠视之”，不过说用不着人家的宽容罢了。他们遵守过去的权威的人，背后得有大多数人的拥护，还怕谁去迫害他们呢。老实说，在中国现在文艺界上宽容旧派还不成为问题，倒是新派究竟已否成为势力，应否忍受旧派的迫压，却是未可疏忽的一个问题。

临末还有一句附加的说明，旧派的不在宽容之列的理由，是他们不合发展个性的条件。服从权威正是把个性汩没了，还发展什么来。新古典派——并非英国十八世纪的——与新传奇派，是融和而非模拟，所以仍是有个性的。至于现代的古文派，却只有一个拟古的通性罢了。

【锺校】

①“旧”原作“致”。

国粹与欧化

在《学衡》上的一篇文章里，梅光迪君说："实则模仿西人与模仿古人，其所模仿者不同，其为奴隶则一也。况彼等模仿西人，仅得糟粕，国人之模仿古人者，时多得其神髓乎。"我因此引起一种对于模仿与影响，国粹与欧化问题的感想。梅君以为模仿都是奴隶，但模仿而能得其神髓，也是可取的。我的意见则以为模仿都是奴隶，但影响却是可以的；国粹只是趣味的遗传，无所用其模仿；欧化是一种外缘，可以尽量的容受他的影响，当然不以模仿了事。

倘若国粹这一个字，不是单指那选学桐城的文章和纲常名教的思想，却包括国民性的全部，那么我所假定遗传这一个释名，觉得还没有什么不妥。我们主张尊重各人的个性，对于个性的综合的国民性自然一样尊重，而且很希望其在文艺上能够发展起来，造成有生命的国民文学。但是我们的尊重与希望无论怎样的深厚，也只能以听其自然长发为止，用不着多事的帮助，正如一颗小小的稻或麦的种子，里边原自含有长成一株稻或麦的能力，所需要的只是自然的养护，倘加以宋人的揠苗助长，便反不免要使他“则苗槁矣”了。我相信凡是受过教育的中国人，以不模仿什么人为唯一的条件，听凭他自发的用任何种的文字，写任何种的思想，他的结果仍是一篇“中国的”文艺作品，有他的特殊的个性与共通的国民性相并存在，虽然这上边可以有许多外来的影响。这样的国粹直沁进在我们的脑神经里，用不着保存，自然永久存在，也本不会消灭的；他只有一个敌人，便是“模仿”。模仿者成了人家的奴隶，只有主人的命令，更无自己的意志，于是国粹便跟了自性死了。好古家却以为保守国粹在于模仿古人，岂不是自相矛盾么？他们的错误，由于以选学桐城的文章、纲常名教的思想为国粹，因为这些都是一时的现象，不能永久的自然的附着于人心，所以要勉强的保存，便不得不以模仿为唯一的手段，奉模仿古人而能得其神髓者为文学正宗了。其实既然是模仿了，决不会再有“得其神髓”这一回事，创作的古人自有他的神髓，但模仿者的所得却只有皮毛，便是所谓糟粕。奴隶无论怎样的遵守主人的话，终于是一个奴隶而非主人；主人的神髓在于自主，而奴隶的本分在于服从，叫他怎样的去得呢？他想做主人，除了从不做奴隶入手以外，再没有别的方法了。

我们反对模仿古人，同时也就反对模仿西人；所反对的是一切的模仿，并不是有中外古今的区别与成见。模仿杜少陵或太戈尔，模仿苏东坡或胡适之，都不是我们所赞成的，但是受他们的影响是可以的，也是有益的，这便是我对于欧化问题的态度。我们欢迎欧化是喜得有一种新空气，可以供我们的享用，造成新的活力，并不是注射到血管里去，就替代血液之用。向来有一种乡愿的调和说，主张中学为体西学为用，或者有人要疑我的反对模仿欢迎影响说和他有点相似，但其间有这一个差异：他们有一种国粹优胜的偏见，只在这条件之上才容纳若干无伤大体的改革，我却以遗传的国民性为素地，尽他本质上的可能的量去承受各方面的影响，使其融和沁透，合为一体，连续变化下去，造成一个永久而常新的国民性，正如人的遗传之逐代增入异分子而不失其根本的性格。譬如国语问题，在主张中学为体西学为用者的意见，大抵以废弃周秦古文而用今日之古文为最大的让步了；我的主张则就单音的汉字的本性上尽最大可能的限度，容纳“欧化”，增加他表现的力量，却也不强他所不能做到的事情。照这样看来，现在各派的国语改革运动都是在正轨上走着，或者还可以逼紧一步，只不必到“三株们的红们的牡丹花们”的地步：曲折语的语尾变化虽然是极便利，但在汉文的能力之外了。我们一面不赞成现代人的做骈文律诗，但也并不忽视国语中字义声音两重的对偶的可能性，觉得骈律的发达正是运命的必然，非全由于人为，所以国语文学的趋势虽然向着自由的发展，而这个自然的倾向也大可以利用，炼成音乐与色彩的言语，只要不以词害意就好了。总之我觉得国粹欧化之争是无用的；人不能改变本性，也不能拒绝外缘，到底非大胆的是认两面不可。倘若偏执一面，以为彻底，有如两个学者，一说诗也有本能，一说要“取消本能”，大家高论一番，聊以快意，其实有什么用呢？

贵族的与平民的

关于文艺上贵族的与平民的精神这个问题，已经有许多人讨论过，大都以为平民的最好，贵族的是全坏的。我自己以前也是这样想，现在却觉得有点怀疑。变动而相连续的文艺，是否可以这样截然的划分；或者拿来代表一时代的趋势，未尝不可，但是可以这样显然的判出优劣么？我想这不免有点不妥，因为我们离开了实际的社会问题，只就文艺上说，贵族的与平民的精神，都是人的表现，不能指定谁是谁非，正如规律的普遍的古典精神与自由的特殊的传奇精神，虽似相反而实并存，没有消灭的时候。

人家说近代文学是平民的，十九世纪以前的文学是贵族的，虽然也是事实，但未免有点皮相。在文艺不能维持生活的时代，固然只有那些贵族或中产阶级才能去弄文学，但是推上去到了古代，却见文艺的初期又是平民的了。我们看见史诗的歌咏神人英雄的事迹，容易误解以为“歌功颂德”，是贵族文学的滥觞，其实他正是平民的文学的真鼎呢。所以拿了社会阶级上的贵族与平民这两个称号，照着本义移用到文学上来，想划分两种阶级的作品，当然是不可能的事。即使如我先前在《平民的文学》一篇文里，用普遍与真挚两个条件，去做区分平民的与贵族的文学的标准，也觉得不很妥当。我觉得古代的贵族文学里并不缺乏真挚的作品，而真挚的作品便自有普遍的可能性，不论思想与形式的如何。我现在的意见，以为在文艺上可以假定有贵族的与平民的这两种精神，但只是对于人生的两样态度，是人类共通的，并不专属于某一阶级，虽然他的分布最初与经济状况有关，——这便是两个名称的来源。

平民的精神可以说是淑本好耳所说的求生意志，贵族的精神便是尼采所说的求胜意志了。前者是要求有限的平凡的存在，后者是要求无限的超越的发展；前者完全是入世的，后者却几乎有点出世的了。这些渺茫的话，我们倘引中国文学的例，略略比较，就可以得到具体的释解。中国汉晋六朝的诗歌，大家承认是贵族文学，元代的戏剧是平民文学。两者的差异，不仅在于一是用古文所写，一是用白话所写，也不在于一是士大夫所作，一是无名的人所作，乃是在于两者的人生观的不同。我们倘以历史的眼光看去，觉得这是国语文学发达的正轨，但是我们将这两者比较的读去，总觉得对于后者有一种漠然的不满足。这当然是因个人的气质而异，但我同我的朋友疑古君谈及，他也是这样感想。我们所不满足的，是这一代里平民文学的思想，太是现世的利禄的了，没有超越现代的精神；他们是认人生，只是太乐天了，就是对于现状太满意了。贵族阶级在社会上凭借了自己的特殊权利，世间一切可能的幸福都得享受，更没有什么歆羡与留恋，因此引起一种超越的追求，在诗歌上的隐逸神仙的思想即是这样精神的表现。至于平民，于人们应得的生活的悦乐还不能得到，他的理想自然是限于这可望而不可即的贵族生活，此外更没有别的希冀，所以在文学上表现出来的是那些功名妻妾的团圆思想了。我并不想因此来判分那两种精神的优劣，因为求生意志原是人性的，只是这一种意志不能包括人生的全体，却也是自明的事实。

我不相信某一时代的某一倾向可以做文艺上永久的模范，但我相信真正的文学发达的时代必须多少含有贵族的精神。求生意志固然是生活的根据，但如没有求胜意志叫人努力的去求“全而善美”的生活，则适应的生存容易是退化的而非进化的了。人们赞美文艺上的平民的精神，却竭力的反对旧剧，其实旧剧正是平民文学的极峰，只因他的缺点太显露了，所以遭大家的攻击。贵族的精神走进歧路，要变成威廉第二的态度，当然也应该注意。我想文艺当以平民的精神为基调，再加以贵族的洗礼，这才能够造成真正的人的文学。倘若把社会上一时的阶级争斗硬移到艺术上来，要实行劳农专政，他的结果一定与经济政治上的相反，是一种退化的现象，旧剧就是他的一个影子。从文艺上说来，最好的事是平民的贵族化，——凡人的超人化，因为凡人如不想化为超人，便要化为末人了。

诗的效用

在《诗》第一号里读到俞平伯君的《诗底进化的还原论》，对于他的“好的诗底效用是能深刻地感多数人向善的”这个定义，略有怀疑的地方，现在分作三项，将我的意见写了出来。

第一，诗的效用，我以为是难以计算的。文艺的问题固然是可以用了社会学的眼光去研究，但不能以此作为唯一的定论。我始终承认文学是个人的，但因“他能叫出人人所要说而苦于说不出的话”，所以我又说即是人类的。然而在他说的时候，只是主观的叫出他自己所要说的话，并不是客观的去体察了大众的心情，意识的替他们做通事，这也是真确的事实。我曾同一个朋友说过，诗的创造是一种非意识的冲动，几乎是生理上的需要，仿佛是性欲一般；这在当时虽然只是戏语，实在也颇有道理。个人将所感受的表现出来，即是达到了目的，有了他的效用，此外功利的批评，说他耗废无数的金钱精力时间，得不偿失，都是不相干的话。在个人的恋爱生活里，常有不惜供献大的牺牲的人，我们不能去质问他的在社会上的效用；在文艺上也是一样。真的艺术家本了他的本性与外缘的总合，诚实的表现他的情思，自然的成为有价值的文艺，便是他的效用。功利的批评也有一面的理由，但是过于重视艺术的社会的意义，忽略原来的文艺的性质，他虽声言叫文学家做指导社会的先驱者，实际上容易驱使他们去做侍奉民众的乐人，这是较量文学在人生上的效用的人所最应注意的地方了。

第二，“感人向善是诗底第二条件”，这善字似乎还有可商的馀地，因为他的概念也是游移惝恍，没有标准，正如托尔斯泰所攻击的美一样。将他解作现代通行的道德观念里的所谓善，这只是不合理的社会上的一时的习惯，决不能当做判断艺术价值的标准，现在更不必多说也已明白了。倘若指那不分利己利人，于个体种族都是幸福的，如克鲁泡特金所说的道德，当然是很对的了，但是“全而善美”的生活范围很广，除了真正的不道德文学以外，一切的文艺作品差不多都在这范围里边，因为据克鲁泡特金的说法，只有资本主义迷信等等几件妨害人的生活的东西是恶，所以凡不[①]是咏叹这些恶的文艺便都不是恶的花。托尔斯泰所反对的波特来耳的《恶之华》因此也不能不说是向善的，批评家说他是想走逆路去求自己的得救，正是很确当的话。他吃印度大麻去造“人工的乐园”，在绅士们看来是一件怪僻丑陋的行为，但他的寻求超现世的乐土的欲望，却要比绅士们的饱满的乐天主义更为人性的，更为善的了。这样看来，向善的即是人的，不向善的即是非人的文学：这也是一种说法，但是字面上似乎还可修改，因为善字的意义不定，容易误会，以为文学必须劝人为善，像《明圣经》《阴骘文》一般才行，——岂知这些讲名分功过的“善书”里，多含着不向善的吃人思想的分子，最容易使人陷到非人的生活里去呢？

第三，托尔斯泰论艺术的价值，是以能懂的人的多少为标准，克鲁泡特金对于他的主张，加以批评道：

> 各种艺术都有一种特用的表现法，这便是将作者的感情感染与别人的方法，所以要想懂得他，须有相当的一番训练。即使是最简单的艺术品，要正当的理解他，也非经过若干习练不可。托尔斯泰把这事忽略了，似乎不很妥当，他的普遍理解的标准也不免有点牵强了。

这一节话很有道理。虽然托尔斯泰在《艺术论》里引了多数的人明白《圣经》上的故事等等的例，来证明他们也一定能够了解艺术的高尚作品，其实是不尽然的。《圣经》上的故事诚然是艺术的高尚作品，但是大多数的人是否真能艺术的了解赏鉴，不免是个疑问。我们参照中国人读经书的实例，推测基督教国的民众的读《圣经》，恐怕他的结果也只在文句之末，即使感受到若干印象，也为教条的传统所拘，仍旧貌似而神非了。譬如中国的《诗经》，凡是“读书人”无不读过一遍，自己以为明白了，但真是知道《关雎》这一篇是什么诗的人，一千人里还不晓得有没有一个呢。说到民谣，流行的范围更广，似乎是很被赏识了，其实也还是可疑。我虽然未曾详细研究，不能断定，总觉得中国小调的流行，是音乐的而非文学的，换一句话说即是以音调为重而意义为轻。《十八摸》是中国现代最大民谣之一，但其魅人的力似在“嗳嗳吓”的声调而非在肉体美的赞叹，否则那种描画应当更为精密，——那倒又有可取了。中国人的爱好谐调真是奇异的事实，大多数的喜听旧戏而厌看新剧，便是一个好例，在诗文界内也全然相同。常见文理不通的人虽然古文白话一样的不懂，却总是喜读古文，反对白话，当初颇以为奇，现在才明白这个道理：念古文还有声调可以悦耳，看白话则意义与声调一无所得，所以兴味索然。文艺作品的作用当然不止是悦耳，所以经过他们的鉴定，不能就判定他的感染的力量。即使更进一层，多数的人真能了解意义，也不能以多数决的方法来下文艺的判决。君师的统一思想，定于一尊，固然应该反对；民众的统一思想，定于一尊，也是应该反对的。在不背于营求全而善美的生活之道德的范围内，思想与行动不妨各各自由与分离。文学家虽希望民众能了解自己的艺术，却不必强将自己的艺术去迁就民众：因为据我的意见，文艺本是著者感情生活的表现，感人乃其自然的效用，现在倘若舍己从人，去求大多数的了解，结果最好也只是“通俗文学”的标本，不是他真的自己的表现了。

【锺校】

①“不”原作“非”。

古文学

研究本国的古文学，不是国民的义务，乃是国民的权利。艺术上的造诣，本来要有天才做基础，但是思想与技工的涵养也很重要，前人的经验与积贮便是他必要的材料。我的一个朋友近来从西京写信来说道："……叹息前人给我们留下了无数的绫罗绸缎，只没有剪制成衣，此时正应该利用他，下一番裁缝工夫，莫只作那裂帛撕扇的快意事。蔑视经验，是我们的愚陋；抹杀前人，是我们的罪过。"实在很是确当。这前人的经验与积贮当然并不限于本国，只是在研究的便宜上，外国的文学因为言语及资料的关系，直接的研究较为困难，所以利用了自己国语的知识进而[①]研究古代的文学，涵养创作力或鉴赏文艺的趣味，是最上算的事，这正是国民所享的一种权利了。

我们既然认定研究古文学为权利而非义务，所以没有服从传统的必要。我们读古代文学，最妨碍我们的享乐，使我们失了正解或者堕入魔道的，是历来那些“业儒”的人的解说，正如玉帛钟鼓本是正当的礼乐，他们却要另外加上一个名分的意义一般，于是在一切叙事抒情的诗文上也到处加了一层纲常名教的涂饰。《关关雎鸠》原是好好的一首恋爱诗，他们却说这是“后妃之德也，风之始也，所以风天下而正夫妇也”。《南有樛木》也是结婚歌，却说是“后妃逮下也，言能逮下而无嫉妒之心也”。经了这样的一番解说，那业儒[②]者所崇拜的多妻主义似乎得了一重拥护，但是已经把诗的真意完全抹杀，倘若不是我们将他订正，这两篇诗的真价便不会出现了。希伯来的《雅歌》以前也被收入犹太教以及基督教的《圣经》里，说是歌咏灵魂与神之爱的，现在早已改正，大家承认他作一卷结婚歌集了。我们若是将《诗经》旧说订正，把《国风》当作一部古代民谣去读，于现在的歌谣研究或新诗创作上一定很有效用，这是可以断言的。中国历代的诗未尝不受《诗经》的影响，只因有传统关系，仍旧囚在“美刺”的束缚里，那正与小说的讲劝惩相同，完全成了名教的奴隶了。还有些人将忠君爱国当做评诗的标准，对于《古诗十九首》，觉得他们与这标准有点不合，却又舍不得摒弃，于是奇想天开，将这些诗都解做“思君之作”。这自然都是假的，——并非因为我们憎恶君主政治所以反对他们，实在因为这解说是不合事理的。世上有君主叫臣下替他尽忠的事实，但在文学上讲来，那些忠爱的诗文（如果显然是属于这一类的东西），倘若不是故意的欺人，便是非意识的自欺，不能说是真的文艺。中国文艺上传统的主张，正是这虚憍的“为名教的艺术”；这个主张倘不先行打破，冒冒失失的研究古代文学，非但得不到好处，而且还要上当，走入迷途，这是不可不用心警戒的事。

古文学的研究，于现代文艺的形式上也有重大的利益。虽然现在诗文著作都用语体文，异于所谓古文了，但终是同一来源，其表现力之优劣在根本上总是一致，所以就古文学里去查考前人的经验，在创作的体裁上可以得到不少的帮助。譬如讨论无韵诗的这个问题，我们倘若参照历来韵文的成绩，自《国风》以至小调，——民众文学虽然多是新作，但其传袭的格调源流甚古，——可以知道中国言文的有韵诗的成绩及其所能变化的种种形式；以后新作的东西，纵使思想有点不同，只要一用韵，格调便都逃不出这个范围。试看几年来的有韵新诗，有的是“白话唐诗”，有的是词曲，有的是——小调，而且那旧诗里最不幸的“挂脚韵”与“趁韵”也常常出现了。那些不叶韵的，虽然也有种种缺点，倒还不失为一种新体——有新生活的诗，因为他只重在“自然的音节”，所以能够写得较为真切。这无尾韵而有内面的谐律的诗的好例，在时调俗歌里常能得到。我们因此可以悟出做白话诗的两条路：一是不必押韵的新体诗，一是押韵的“白话唐诗”以至小调。这是一般的说法，至于有大才力能做有韵的新诗的人，当然是可以自由去做，但以不要像“白话唐诗”以至小调为条件。有才力能做旧诗的人，我以为也可以自由去做，但也仍以不要像李杜苏黄或任何人为条件。只有古文还未通顺的人，不必去赞叹旧诗，更不配去做了。——然而现在偏是文理不通的人愈喜欢做古文做旧诗，这真可以说是“自然的嘲弄”了。

【锺校】

①“而”原作“去”。

②“业儒”原作“儒业”。

文艺的统一

在《文学旬刊》第四十一期杂谈上见到郑振铎君的一节话，很有意思。他说：

> 鼓吹血和泪的文学，不是便叫一切的作家都弃了他素来的主义，齐向这方面努力；也不是便以为除了血和泪的作品以外，更没有别的好文学。文学是情绪的作品。我们不能强欢乐的人哭泣，正如不能叫那些哭泣的人强为欢笑。

许华天君在《学灯》上《创作底自由》一篇文章里，也曾有几句话说得很好：

> 我想文学的世界里，应当绝对自由。有情感忍不住了须发泄时，就自然给他发泄出来罢了。千万不用有人来特别制定一个樊篱，应当个个作者都须在樊篱内写作。在我们看起来，现世是万分悲哀的了；但也说不定有些睡在情人膝头的人，全未觉得呢？你就不准他自由创作情爱的诗

> 歌么？推而极之，我们想要哭时，就自由的哭罢；有人想要笑时，就自由的笑罢。谁在文学的世界上，规定只准有哭的作品而不准有笑的作品呢？

以上所说的话都很确当，足以表明文艺上统一的不应有与不可能，但是世间有一派评论家，凭了社会或人类之名，建立社会文学的正宗，无形中厉行一种统一。在创始的人，如居友，别林斯奇，托尔斯泰等，原也自成一家言，有相当的价值，到得后来却正如凡有的统一派一般，不免有许多流弊了。近来在《平民》第一百九期上见到马庆川君的《文学家底愉快与苦闷》，他的论旨现在没有关系可以不必讨论，其中有一节话却很可以代表这一派的极端的论调。他说：

> ……若不能感受这种普遍的苦闷，安慰普遍的精神，只在自己底抑郁牢骚上做工夫，那就空无所有。因为他所感受的苦闷，是自己个人底境遇，他所得到的愉快，也是自己个人底安慰，全然与人生无涉。换句话说，他所表现的不过是著者个人底荣枯，不是人类公同的感情。

这一节里的要点是极端的注重人类共同的感情而轻视自己个人的感情，以为与人生无涉。“其实人类或社会本来是个人的总体，抽去了个人便空洞无物，个人也只在社会中才能安全的生活，离开了社会便难以存在，所以个人外的社会和社会外的个人都是不可想像的东西。”至于在各个人的生活之外去找别的整个的人生，其困难也正是一样。文学是情绪的作品，而著者所能最切迫的感到者又只有自己的情绪，那么文学以个人自己为本位，正是当然的事。个人既然是人类的一分子，个人的生活即是人生的河流的一滴，个人的感情当然没有与人类不共同的地方。在现今以多数决为神圣的时代，习惯上以为个人的意见以至其苦乐是无足轻重的，必须是合唱的呼噪始有意义，这种思想现在虽然仍有势力，却是没有道理的。一个人的苦乐与千人的苦乐，其差别只是数的问题，不是质的问题；文学上写千人的苦乐固可，写一人的苦乐亦无不可，这都是著者的自由，我们不能规定至少须写若干人的苦乐才算合格，因为所谓普遍的感情，乃是质的而非数的问题。个人所感到的愉快或苦闷，只要是纯真切迫的，便是普遍的感情，即使超越群众的一时的感受以外，也终不损其为普遍。反过来说，迎合社会心理，到处得到欢迎的《礼拜六》派的小册子，其文学价值仍然可以直等于零。因此根据为人生的艺术说，以社会的意义的标准来统一文学，其不应与不可能还是一样。据我的意见，文艺是人生的，不是为人生的，是个人的，因此也即是人类的；文艺的生命是自由而非平等，是分离而非合并。一切主张倘若与这相背，无论凭了什么神圣的名字，其结果便是破坏文艺的生命，造成呆板虚假的作品，即为本主张颓废的始基。欧洲文学史上的陈迹，指出许多同样的兴衰，到了二十世纪才算觉悟，不复有统一文学潮流的企画，听各派自由发展，日益趋于繁盛。这个情形很足供我们的借鉴，我希望大家弃舍了统一的空想，去各行其是的实地工作，做得一分是一分，这才是充实自己的一生的道路。

文艺上的异物

古今的传奇文学里，多有异物——怪异精灵出现，在唯物的人们看来，都是些荒唐无稽的话，即使不必立刻排除，也总是了无价值的东西了。但是唯物的论断不能为文艺批评的标准，而且赏识文艺不用心神体会，却"胶柱鼓瑟"的把一切叙说的都认作真理与事实，当作历史与科学去研究他，原是自己走错了路，无怪不能得到正当的理解。传奇文学尽有他的许多缺点，但是跳出因袭轨范，自由的采用任何奇异的材料，以能达到所欲得的效力为其目的，这却不能不说是一个大的改革，文艺进化上的一块显著的里程碑。这种例证甚多，现在姑取异物中的最可怕的东西——僵尸——作为一例。

在中国小说上出现的僵尸，计有两种。一种是尸变，新死的人忽然"感了戾气"，起来作怪，常把活人弄死，所以他的性质是很凶残的。一种是普通的僵尸，据说是久殡不葬的死人所化，性质也是凶残，又常被当作旱魃，能够阻止天雨，但是一方面又有恋爱事件的传说，性质上更带了一点温暖的彩色了。中国的僵尸故事大抵很能感染恐怖的情绪，舍意义而论技工，却是成功的了；《聊斋志异》里有一则“尸变”，纪旅客独宿，为新死的旅馆子妇所袭，逃到野外，躲在一棵大树后面，互相撑拒，末后惊恐倒地，尸亦抱树而僵。我读这篇虽然已在二十多年前，那时恐怖的心情还未忘记，这可以算是一篇有力的鬼怪故事了。儿童文学里的恐怖分子，确是不甚适宜，若在平常文艺作品本来也是应有的东西，美国亚伦坡的小说含这种分子很多，便是莫泊桑也作有若干鬼怪故事，不过他们多用心理的内面描写，方法有点不同罢了。

外国的僵尸思想，可以分作南欧与北欧两派，以希腊及塞耳比亚为其代表。北派的通称凡披耳（Vampyr），从墓中出，迷魇生人，吸其血液，被吸者死复成凡披耳；又患狼狂病（Lycanthropia）者，俗以为能化狼，死后亦成僵尸，故或又混称“人狼”（Vljkodlak），性质凶残，与中国的僵尸相似。南派的在希腊古代称亚拉思妥耳（Alastor），在现代虽袭用斯拉夫的名称“苻吕科拉加思”（Vrykoalkas，原意云人狼），但从方言“鼓状”（Tympaniaios）“张口者”

（Katachanas）等名称看来，不过是不坏而能行动的尸身，虽然也是妖异而性质却是和平的，民间传说里常说他回家起居如常人，所以正是一种“活尸”罢了。他的死后重来的缘因，大抵由于精气未尽或怨恨未报，以横死或夭亡的人为多。古希腊的亚拉思妥耳的意思本是游行者，但其游行的目的大半在于追寻他的仇敌，后人便将这字解作“报复者”，因此也加上多少杀伐的气质了。希腊悲剧上常见这类的思想，如爱斯吉洛思（Aischylos）的慈惠女神（Eumenides）中最为显著，厄林奴思（Erinys）所歌“为了你所流的血，你将使我吸你活的肢体的红汁。你自身必将为我的肉，我的酒”，即是好例。阿勒思德斯（Orestes）为父报仇而杀其母，母之怨灵乃借手厄林奴思以图报复，在民间思想图报者本为其母的僵尸，唯以艺术的关系故代以报仇之神厄林奴思，这是希腊中和之德的一例，但恐怖仍然存在，运用民间信仰以表示正义，这可以说是爱斯吉洛思的一种特长了。近代欧洲各国亦有类似“游行者”的一种思想，易卜生的戏剧《群鬼》里便联带说及，他这篇名本是《重来者》（*Gengangere*），即指死而复出的僵尸，并非与肉体分离了的鬼魂，第一幕里阿尔文夫人看见儿子和使女调戏，叫道“鬼，鬼！”意思就是这个，这鬼（Ghosts）

字实在当解作“（从死人里）回来的人们”[①]（Revenants）。条顿族的叙事民歌（Popular ballad）里也很多这些“重来者”，如《门子井的妻》一篇，纪死者因了母子之爱，兄弟三人同来访问他们的老母；但是因恋爱而重来的尤多，《可爱的威廉的鬼》从墓中出来，问他的情人要还他的信誓，造成一首极凄婉美艳的民歌。威廉说：“倘若死者为生人而来，我亦将为你而重来。”这死者来迎取后死的情人的趣意，便成了《色勿克的奇迹》的中心，并引起许多近代著名的诗篇，运用怪异的事情表示比死更强的爱力。在这些民歌里，表面上似乎只说鬼魂，实在都是那“游行者”一类的异物。《门子井的妻》里老母听说她的儿子死在海里了，她诅咒说，“我愿风不会停止，浪不会平静，直到我的三个儿子回到我这里来，带了（他们的）现世的血肉的身体”，便是很明白的证据了。

民间的习俗大抵本于精灵信仰（Animism），在事实上于文化发展颇有障害，但从艺术上平心静气的看去，我们能够于怪异的传说的里面瞥见人类共通的悲哀或恐怖，不是无意义的事情。科学思想可以加入文艺里去，使他发生若干变化，却决不能完全占有他，因为科学与艺术的领域是迥异的。明器里人面兽身独角有翼的守坟的异物，常识都知道是虚假的偶像，但是当作艺术，自有他的价值，不好用唯物的判断去论定的。文艺上的异物思想也正是如此。我想各人在文艺上不妨各有他的一种主张，但是同时不可不有宽阔的心胸与理解的精神去赏鉴一切的作品，庶几能够贯通，了解文艺的真意。安特来夫在《七个绞死者的故事》的序上说的好："我们的不幸，便是大家对于别人的心灵生命苦痛习惯意向愿望，都很少理解，而且几于全无。我是治文学的，我之所以觉得文学可尊者，便因其最高上的功业是拭去一切的界限与距离。"

【锺校】

①"（从死人里）回来的人们"原作"从（死人里）回来的人们"。

神话与传说

近来时常有人说起神话，但是他们用了科学的知识，不作历史的研究，却去下法律的判断，以为神话都是荒唐无稽的话，不但没有研究的价值，而且还有排斥的必要。这样的意见，实在不得不说是错误的。神话在民俗学研究上的价值大家多已知道，就是在文艺方面也是很有关系，现在且只就这一面略略加以说明。

神话一类大同小异的东西，大约可以依照他们性质分作下列四种：

一　神话（Mythos = Myth）

二　传说（Saga = Legend）

三　故事（Logos = Anecdote）

四　童话（Maerchen = Fairy tale）

神话与传说形式相同，但神话中所讲者是神的事情，传说是人的事情；其性质一是宗教的，一是历史的。传说与故事亦相同，但传说中所讲的是半神的英雄，故事中所讲的是世间的名人；其性质一是历史的，一是传记的。这三种可以归作一类，人与事并重，时地亦多有着落，与重事不重人的童话相对。童话的性质是文学的，与上边三种之由别方面转入文学者不同，但这不过是他们原来性质上的区别，至于其中的成分别无什么大差，在我们现今拿来鉴赏，又原是一样的文艺作品，分不出轻重来了。

对于神话等中间的怪诞分子，古来便很有人注意，加以种种解说，但都不很确切，直至十九世纪末英人安特路阑（Andrew Lang）以人类学法解释，才能豁然贯通，为现代民俗学家所采用。新旧学说总凡五家，可以分为退化说与进化说两派。

退化说

（一）历史学派　此派学说以为一切神话等皆本于历史的事实，因年代久远，遂致传讹流于怪诞。

（二）譬喻派　此派谓神话等系假借具体事物，寄托抽象的道德教训者，因传讹失其本意，成为怪诞的故事。

（三）神学派　此派谓神话等皆系《旧约》中故事之变化。

（四）言语学派　此派谓神话等皆起源于“言语之病”，用自然现象解释一切。他们以为自然现象原有许多名称，后来旧名废弃而成语留存，意义已经不明，便以为是神灵的专名，为一切神话的根源。以上四派中以此派为最有势力，至人类学派起，才被推倒了。

进化说

（五）人类学派　此派以人类学为根据，证明一切神话等的起源在于习俗。现代的文明人觉得怪诞的故事，在他发生的时地，正与社会上的思想制度相调和，并不觉得什么不合。譬如人兽通婚，似乎是背谬的思想，但在相信人物皆精灵，能互易形体的社会里，当然不以为奇了。他们征引古代或蛮族及乡民的信仰习惯，考证各式神话的原始，大概都已得到解决。

我们依了这人类学派的学说，能够正当了解神话的意义，知道他并非完全是荒诞不经的东西，并不是几个特殊阶级的人任意编造出来，用以愚民，更不是大人随口胡诌骗小孩子的了。我们有这一点预备知识，才有去鉴赏文学上的神话的资格，譬如古希腊的所谓荷马的史诗，便充满了许多无稽的话，非从这方面去看是无从索解的。真有吃人的“圆目”（Kyklops）么？伊泰加的太上皇真在那里躬耕么？都是似乎无稽的问题，但我们如参照阑氏的学说读去，不但觉得并不无稽，而且反是很有趣味了。

离开了科学的解说，即使单从文学的立脚点看去，神话也自有其独立的价值，不是可以轻蔑的东西。本来现在的所谓神话等，原是文学，出在古代原民的史诗史传及小说里边，他们做出这些东西，本不是存心作伪以欺骗民众，实在只是真诚的表现出他们质朴的感想，无论其内容与外形如何奇异，但在表现自己这一点上与现代人的著作并无什么距离。文学的进化上，虽有连接的反动（即运动）造成种种的派别，但如根本的人性没有改变，各派里的共通的文艺之力，一样的能感动人，区区的时间和空间的阻隔只足加上一层异样的纹彩，不能遮住他的波动。中国望夫石的传说，与希腊神话里的尼阿倍（Niobe）痛子化石的话，在现今用科学眼光看去，都是诳话了，但这于他的文艺的价值决没有损伤，因为他所给与者并不是人变石头这件事实，却是比死更强的男女间及母子间的爱情，化石这一句话差不多是文艺上的象征作用罢了。文艺不是历史或科学的记载，大家都是知道的。如见了化石的故事，便相信人真能变石头，固然是个愚人；或者又背着科学来破除迷信，断断的争论化石故事之不合真理，也未免成为笨伯了。我们决不相信在事实上人能变成石头，但在望夫石等故事里，觉得他能够表示一种心情，自有特殊的光热，我们也就能离开了科学问题，了解而且赏鉴他的美。研究文学的人运用现代的科学知识，能够分析文学的成分，探讨时代的背景，个人的生活与心理的动因，成为极精密的研究，唯在文艺本体的赏鉴，还不得不求诸一己的心，便是受过科学洗礼而仍无束缚的情感，不是科学知识自己。中国凡事多是两极端的，一部分的人现在还抱着神话里的信仰，一部分的人便以神话为不合科学的诳话，非排斥不可。我想如把神话等提出在崇信与攻击之外，还他一个中立的位置，加以学术的考订，归入文化史里去，一方面当作古代文学看，用历史批评或艺术赏鉴去对待他，可以收获相当的好结果：这个办法，庶几得中，也是世界通行的对于神话的办法。好广大肥沃的田地摊放在那里，只等人去耕种。国内有能耐劳苦与寂寞的这样的农夫么？

在本文中列举神话传说故事童话四种，标题却只写神话与传说，后边又常单举神话，其实都是包括四者在内，因便利上故从简略。

歌谣

歌谣这个名称，照字义上说来只是口唱及合乐的歌，但平常用在学术上与“民歌”是同一的意义。民谣的界说，据英国吉特生（Kidson）说[①]是一种诗歌：

> 生于民间，为民间所用以表现情绪，或为抒情的叙述者。他又大抵是传说的，而且正如一切的传说一样，易于传讹或改变。他的起源不能确实知道，关于他的时代也只能约略知道一个大概。

他的种类的发生，大约是由于原始社会的即兴歌，《诗序》所说“情动于中而形于言”云云，即是这种情形的说明，所以民谣可以说是原始的——而又不老的诗。在文化很低的社会里，个人即兴口占，表现当时的感情或叙述事件，但唱过随即完了，没有保存的机会，到得文化稍进，于即兴之外才有传说的歌谣，原本也是即兴，却被社会所采用，因而就流传下来了。吉特生说：

> 有人很巧妙的说，谚是一人的机锋，多人的智慧。对于民歌我们也可以用同样的界说，便是由一个人的力将一件史事，一件传说或一种感情，放在可感觉的形式里（表现出来），这些东西本为民众普通所知道或感到的，但少有人能够将他造成定形。我们可以推想，个人的这种著作或是粗糙，或是精炼，但这关系很小，倘若这感情是大家所共感到的，因为通用之后自能渐就精炼，不然也总多少磨去他的棱角（使他稍为圆润）了。

民歌是原始社会的诗，但我们的研究却有两个方面，一是文艺的，一是历史的。从文艺的方面我们可以供诗的变迁的研究，或做新诗创作的参考。在这一点上我们需要现存的民歌比旧的更为重要，古文书里不少好的歌谣，但是经了文人的润色，不是本来的真相了。民歌与新诗的关系，或者有人怀疑，其实是很自然的，因为民歌的最强烈最有价值的特色是他的真挚与诚信，这是艺术品的共通的精魂，于文艺趣味的养成极是有益的。吉特生说：

> 民歌作者并不因职业上的理由而创作，他唱歌，因为他是不能不唱，而且有时候他还是不甚

适于这个工作。但是他的作品，因为是真挚地做成的，所以有那一种感人的力，不但适合于同阶级，并且能感及较高文化的社会。

这个力便是最足供新诗的汲取的。意大利人威大利（Vitale）在所编的《北京儿歌》序上指点出读者的三项益处，第三项是“在中国民歌中可以寻到一点真的诗”，后边又说：

这些东西虽然都是不懂文言的不学的人所作，却有一种诗的规律，与欧洲诸国类似，与意大利诗法几乎完全相合。根于这些歌谣和人民的真的感情，新的一种国民的诗或者可以发生出来。

这一节话我觉得极有见解，而且那还是一八九六年说的，又不可不说他是先见之明了。

历史的研究一方面，大抵是属于民俗学的，便是从民歌里去考见国民的思想，风俗与迷信等，言语学上也可以得到多少参考的材料。其资料固然很需要新的流行的歌谣，但旧的也一样重要，虽然文人的润色也须注意分别的。这是一件很大的事业，不过属于文艺的范围以外，现在就不多说了。

在民歌这个总名之下，可以约略分作这几大类：

一　情歌

二　生活歌　包括各种职业劳动的歌，以及描写社会家庭生活者，如童养媳及姑妇的歌皆是。

三　滑稽歌　嘲弄讽刺及“没有意思”的歌皆属之，唯后者殊不多，大抵可以归到儿歌里去。

四　叙事歌　即韵文的故事，《孔雀东南飞》及《木兰行》是最好的例，但现在通行的似不多见。又有一种“即事”的民歌，叙述当代的事情，如此地通行的“不剃辫子没法混，剃了辫子怕张顺”便是。中国史书上所载有应验的“童谣”，有一部分是这些歌谣，其大多数原是普通的儿歌，经古人附会作荧惑的神示罢了。

五　仪式歌　如结婚的撒帐歌等，行禁厌时的祝语亦属之。占候歌诀也应该附在这里。谚语是理知的产物，本与主情的歌谣殊异，但因也用歌谣的形式，又与仪式占候歌有连带的关系，所以附在末尾；古代的诗的哲学书都归在诗里，这正是相同的例了。

六　儿歌　儿歌的性质与普通的民歌颇有不同，所以别立一类。也有本是大人的歌而儿童学唱者，虽然依照通行的范围可以当作儿歌，但严格的说来应归入民歌部门才对。欧洲编儿歌集的人普通分作母戏母歌与儿戏儿歌两部，以母亲或儿童自己主动为断，其次序先儿童本身，次及其关系者与熟习的事物，次及其他各事物。现在只就歌的性质上分作两项：

（1）事物歌

（2）游戏歌

事物歌包含一切抒情叙事的歌，谜语其实是一种咏物诗，所以也收在里边。唱歌而伴以动作者则为游戏歌，实即叙事的扮演，可以说是原始的戏曲，——据现代民俗学的考据，这些游戏的确起源于先民的仪式。游戏时选定担任苦役的人，常用一种完全没有意思的歌词，这便称作决择歌（Countingout Song），也属游戏歌项下；还有一种只用作歌唱，虽亦没有意思而各句尚相连贯者，那是趁韵的滑稽歌，当属于第一项了。儿歌研究的效用，除上面所说的两件以外，还有儿童教育的一方面，但是他的益处也是艺术的而非教训的，如吕新吾作《演小儿语》，想改作儿歌以教“义理身心之学”，道理固然讲不明白，而儿歌也就很可惜的白白的糟掉了。

【原注】

①见所著《英国民歌论》第一章。

谜语

民间歌谣中有一种谜语，用韵语隐射事物，儿童以及乡民多喜互猜，以角胜负。近人著《棣萼室谈虎》曾有说及云：“童时喜以用物为谜，因其浅近易猜，而村妪牧竖恒有传述之作，互相夸炫，词虽鄙俚，亦间有足取者。”但他也未曾将他们著录。故人陈懋棠君为小学教师，在八年前，曾为我抄集越中小儿所说的谜语，共百七十馀则；近来又见常维钧君所辑的北京谜语，有四百则以上，要算是最大的搜集了。

谜语之中，除寻常事物谜之外，还有字谜与难问等，也是同一种类。他们在文艺上是属于赋（叙事诗）的一类，因为叙事咏物说理原是赋的三方面，但是原始的制作，常具有丰富的想像，新鲜的感觉，醇朴[①]而奇妙的联想与滑稽，所以多含诗的趣味，与后来文人的灯谜专以纤巧与双关及暗射见长者不同：谜语是原始的诗，灯谜却只是文章工场里的细工罢了。在儿童教育上谜语也有其相当的价值，一九一三年我在地方杂志上做过一篇《儿歌之研究》，关于谜语曾说过这几句话：

> 谜语体物入微，情思奇巧，幼儿知识初启，考索推寻，足以开发其心思。且所述皆习见事物，象形疏状，深切著明，在幼稚时代，不啻一部天物志疏，言其效用，殆可比于近世所提倡之自然研究欤？

在现代各国，谜语不过作为老妪小儿消遣之用，但在古代原始社会里却更有重大的意义。说到谜语，大抵最先想起的，便是希腊神话里的肿足王（Oidipos）的故事。人头狮身的斯芬克思（Sphinx）伏在路旁，叫路过的人猜谜，猜不着者便被他弄死。他的谜是“早晨用四只脚，中午两只脚，傍晚三只脚走的是什么？”肿足王答说这是一个人，因为幼时匍匐，老年用拐杖。斯芬克思见谜被猜着，便投身岩下把自己碰死了。《旧约》里也有两件事，参孙的谜被猜出而失败（《士师记》），所罗门王能答示巴女王的问，得到赞美与厚赠（《列王纪》上）。其次在伊思阑古书《呃达》里有两篇诗，说伐夫忒路特尼耳（Vafthrudnir）给阿廷（Odin）大神猜谜，都被猜破，因此为他所克服；又亚耳微思（Alvis）因为猜不出妥耳（Thorr）的谜，也就失败，不能得妥耳的女儿为妻。在别一篇传说里，亚斯劳格（Aslaug）受王的试验，叫她到他那里去，须是穿衣而仍是裸体，带着同伴却仍是单身，吃了却仍是空肚；她便散发覆体，牵着狗，嚼着一片蒜叶，到王那里，遂被赏识，立为王后：这正与上边的两件相反，是因为有解答难题的智慧而成功的例。

英国的民间叙事歌中间，也有许多谜歌及抗答歌（Flytings）。《猜谜的武士》里的季女因为能够解答比海更深的是什么，所以为武士所选取。别一篇说死人重来，叫他的恋人同去，或者能做几件难事，可以放免。他叫她去从地洞里取火，从石头绞出水，从没有婴孩的处女的胸前挤出乳汁来；她用火石开火，握冰柱使融化，又折断蒲公英挤出白汁，总算完成了她的工作。《妖精武士》里的主人公设了若干难问，却被女人提出更难的题目，反被克服，只能放她自由，独自逃回地下去了。

中国古史上曾说齐威王之时喜隐，淳于髡说之以隐（《史记》），又齐无盐女亦以隐见宣王（《新序》），可以算是谜语成功的记录。小说戏剧中这类的例也常遇见，如《今古奇观》里的《李谪仙醉草吓蛮书》，那是解答难题的变相。朝鲜传说，在新罗时代（中国唐代）中国将一只白玉箱送去，叫他们猜箱中是什么东西，借此试探国人的能力。崔致远写了一首诗作答云："团团玉函里，半玉半黄金；夜夜知时鸟，含精未吐音。"箱中本来是个鸡卵，中途孵化，却已经死了。（据三轮环编《传说之朝鲜》）难题已被解答，中国知道朝鲜还有人才，自然便不去想侵略朝鲜了。

以上所引故事，都足以证明在人间意识上的谜语的重要：谜语解答的能否，于个人有极大的关系，生命自由与幸福之存亡往往因此而定。这奇异的事情却并非偶然的类似，其中颇有意义可以寻讨。据英国贝林戈尔特（Baring Gould）在《奇异的遗迹》中的研究，在有史前的社会里谜语大约是一种智力测量的标准，裁判人的运命的指针。古人及野蛮部落都是实行择种留良的，他们见有残废衰弱不适于人生战斗的儿童，大抵都弃舍了；这虽然是专以体质为[2]根据，但我们推想或者也有以智力为根据的。谜语有左右人的运命的能力，可以说即是这件事的反影。这样的脑力的决斗，事实上还有正面的证明，据说十三世纪初德国曾经行过歌人的竞技，其败于猜谜答歌的人即执行死刑，十四世纪中有《华忒堡之战》（*Kriec von Wart-*

burg）一诗纪其事。贝林戈尔特说：

> 基督教的武士与夫人们能够（冷淡的）看着性命交关的比武，而且基督教的武士与夫人们在十四世纪对于不能解答谜语的人应当把他的颈子去受刽子手的刀的事，并不觉得什么奇怪。这样的思想状态，只能认作古代的一种遗迹，才可以讲得过去，——在那时候，人要生活在同类中间，须是证明他具有智力上的以及体质上的资格。

这虽然只是假说，但颇能说明许多关于谜语的疑问，于我们涉猎或采集歌谣的人也可以作参考之用，至于各国文人的谜原是游戏之作，当然在这个问题以外了。

【锺校】

①“朴”原作“璞”。

②“为”原作“的”。

论小诗[①]

所谓小诗，是指现今流行的一行至四行的新诗。这种小诗在形式上似乎有点新奇，其实只是一种很普通的抒情诗，自古以来便已存在的。本来诗是“言志”的东西，虽然也可用以叙事或说理，但其本质以抒情为主。情之热烈深切者，如恋爱的苦甜，离合生死的悲喜，自然可以造成种种的长篇巨制，但是我们日常的生活里，充满着没有这样迫切而也一样的真实的感情；他们忽然而起，忽然而灭，不能长久持续，结成一块文艺的精华，然而足以代表我们这刹那[②]的内生活的变迁，在或一意义上这倒是我们的真的生活。如果我们“怀着爱惜这在忙碌的生活之中浮到心头又复随即消失的刹那的感觉之心”，想将他表现出来，那么数行的小诗便是最好的工具了。中国古代的诗，如传说的周以前的歌谣，差不多都很简单，不过三四句。《诗经》里有许多篇用叠句式的，每章改换几个字，重复咏叹，也就是小诗的一种变体。后来文学进化，诗体渐趋于复杂，到于唐代算是极盛，而小诗这种自然的要求还是存在，绝句的成立与其后词里的小令等的出现都可以说是这个要求的结果。别一方面从民歌里变化出来的子夜歌懊侬歌等，也继续发达，可以算是小诗的别一派，不过经文人采用，于是乐府这种歌词又变成了长篇巨制了。

由此可见小诗在中国文学里也是“古已有之”，只因他同别的诗词一样，被拘束在文言与韵的两重束缚里，不能自由发展，所以也不免和他们一样同受到湮没的命运。近年新诗发生以后，诗的老树上抽了新芽，很有复荣的希望；思想形式，逐渐改变，又觉得思想与形式之间有重大的相互关系，不能勉强牵就。我们固然不能用了轻快短促的句调写庄重的情思，也不能将简洁含蓄的意思拉成一篇长歌；适当的方法唯有为内容去定外形，在这时候那抒情的小诗应了需要而兴起正是当然的事情了。

中国现代的小诗的发达，很受外国的影响，是一个明了的事实。欧洲本有一种二行以上的小诗，起于希腊，由罗马传入西欧，大抵为讽刺或说理之用，因为罗马诗人的这两种才能，似乎出于抒情以上，所以他们定“诗铭”的界说道：

诗铭同蜜蜂，应具三件事：

一刺，二蜜，三是小身体。

但是诗铭在希腊，如其名字 Epigramma 所示，原是墓志及造像之铭，其特性在短而不在有刺。希腊人自己的界说是这样说：

诗铭必要的是一联（Distichon）；倘若是过了三行，那么你是咏史诗，不是做诗铭了。

所以这种小诗的特色是精炼，如西摩尼台思（Simonides，500B. C.）的斯巴达国殇墓铭云：

客为告拉该台蒙人们，

我们卧在这里，遵着他们的礼法。

又如柏拉图（Platon，400B. C.）的咏星云：

你看着星么，我的星？

我愿为天空，得以无数的眼看你。

都可以作小诗的模范。但是中国的新诗在各方面都受欧洲的影响，独有小诗仿佛是在例外，因为他的来源是在东方的；这里边又有两种潮流，便是印度与日本，在思想上是冥想与享乐。

印度古来的宗教哲学诗里有一种短诗，中国称他为“偈”或“伽陀”，多是四行，虽然也有很长的。后来回教势力兴盛，波斯文学在那里发生影响，唵玛哈扬（Omma Khayam，十世纪时诗人）一流的四行诗

（Rubai）大约也就移植过去，加上一点飘逸与神秘的风味。这个详细的变迁我们不很知道，但是在最近的收获，泰谷尔（Tagore）的诗，尤其是《迷途的鸟》里，我们能够见到印度的代表的小诗，他的在中国诗上的影响是极著明的。日本古代的歌原是长短不等，但近来流行的只是三十一音和十七音的这两种；三十一音的名短歌，十七音的名俳句，还有一种川柳，是十七音的讽刺诗，因为不曾介绍过，所以在中国是毫无影响的。此外有子夜歌一流的小呗，多用二十六音，是民间的文学，其流布比别的更为广远。这几种的区别，短歌大抵是长于抒情，俳句是即景寄情，小呗也以写情为主而更为质朴，至于简洁含蓄则为一切的共同点。从这里看来，日本的歌实在可以说是理想的小诗了。在中国新诗上他也略有影响，但是与印度的不同，因为其态度是现世的。如泰谷尔在《迷途的鸟》里说：

流水唱道：我唱我的歌，那时我得我的自由。

——用王靖君译文

与谢野晶子的短歌之一云：

拿了咒诅的歌稿，按住了黑色的胡蝶。

在这里，大约可以看出他们的不同，因此受他们影响的中国小诗当然也可以分成两派了。

冰心女士的《繁星》，自己说明是受泰谷尔影响的，其中如六六及七四这两首云：

深林里的黄昏，
是第一次么？
又好似是几时经历过。

×

婴儿，
是伟大的诗人：
在不完全的言语中，
吐出最完全的诗句。

可以算是代表的著作，其后辗转模仿的很多，现在都无须列举了。俞平伯君的《忆游杂诗》——在《冬夜》中——虽然序中说及日本的短诗，但实际上是别无关系的，即如其中最近似的《南宋六陵》一首：

牛郎花，黄满山，
不见冬青树，红杜鹃儿血斑斑。

也是真正的乐府精神，不是俳句的趣味。《湖畔》中汪静之君的小诗，如其一云：

你该觉得罢——
仅仅是我自由的梦魂儿，
夜夜萦绕着你么？

却颇有短歌的意思。这一派诗的要点在于有弹力的集中，在汉语性质上或者是不很容易的事情，所以这派诗的成功比较的为难了。

我平常主张对于无论什么流派，都可以受影响，虽然不可模仿；因此我于这小诗的兴起，是很赞成，而且很有兴趣的看着他的生长。这种小幅的描写，在画大堂山水的人看去，或者是觉得无聊也未可知，但是如上面说过，我们在日常生活中，随时随地都有感兴，自然便有适于写一地的景色，一时的情调的小诗之需要。不过在这里有一个条件，这便是须成为一首小诗，——说明一句，可以说是真实简炼的诗。本来凡诗都非真实简炼不可，但在小诗尤为紧要。所谓真实并不单是非虚伪，还须有切迫的情思才行，否则只是谈话而非诗歌了。我们表现的欲求原是本能的，但是因了欲求的切迫与否，所表现的便成为诗歌或是谈话。譬如一颗火须燃烧至某一程度才能发出光焰，人的情思也须燃烧至某一程度才能变成诗料，在这程度之下不过是普通的说话，犹如盘香的火虽然维持着火的生命，却不能有大光焰了。所谓某一程度，即是平凡的特殊化，现代小说家康拉特（Joseph Conrad）所说的人生的比现实更真切的认知。诗人见了常人所习见的事物，若[3]能比常人更锐敏的受到一种铭感，将他艺术地表现出来，这便是诗。

倘若是很平凡浮浅的思想，外面披上诗歌形式的衣裳，那是没有实质的东西，别无足取。如将这两首短歌比较起来，便可以看出高下：

樵夫踏坏的山溪的朽木的桥上，有萤火飞着。

——香川景树

心里怀念着人，见了泽上的萤火，也疑是从自己身里出来的梦游的魂。

——和泉式部

第一首只是平凡无聊的事，第二首描写一种特殊的情绪，就能感人：同是一首咏萤的歌，价值却大不相同了。（见《日本的诗歌》中）

所以小诗的第一条件是须表现实感，便是将切迫地感到的对于平凡的事物之特殊的感兴，迸跃地倾吐出来，几乎是迫于生理的冲动，在那时候这事物无论如何平凡，但已由作者分与新的生命，成为活的诗歌了。至于简炼这一层，比较的更易明了，可以不必多说。诗的效用本来不在明说而在暗示，所以最重含蓄，在篇幅短小的诗里自然更非讲字句的经济不可了。

对于现在发表的小诗，我们只能赏鉴，或者再将所得的印象写出来给别人看，却不易批评，因为我觉得自己没有这个权威，因为个人的赏鉴的标准多是主观的，不免为性情及境遇所限，未必能体会一切变化无穷的情境，这在天才的批评家或者可以，但在常人们是不可能的了。所以我们见了这些诗，觉得哪几首好，哪几首不好，可以当作个人的意见去发表，但读者要承认这并没有法律上的判决的力。【④如《繁星》第七五云：

父亲呵，
出来坐在月明里，
我要听你说你的海。

《湖畔》中冯雪峰君的《清明日》云：

插在门上的柳枝下，
仿佛地看见簪豆花的小妹妹底影子。

何植三君的《农家短歌》之三云：

新谷收了，
田事忙了，
萤火虫照着他夜归了。

又其五云：

自然合韵的水车声，
把劳苦如水的车去了。

汪馥泉君《妹嫁》之十四云：

谁还逐日开这小钟呢！

在我个人的意见，这几篇都可以算是小诗之佳者，其馀还有，现在不多举了。】至于附和之作大约好的很少，福禄特尔曾说，第一个将花比女子的人是天才，第二个说这话的便是呆子了。

现在对于小诗颇有怀疑的人，虽然也尽有理由，但总是未免责望太深了。正如馥泉君所说，“做诗，原是为我自己要做诗而做的”，做诗的人只要有一种强烈的感兴，觉得不能不说出来，而且有恰好的句调，可以尽量的表现这种心情，此外没有第二样的说法，那么这在作者就是真正的诗，他的生活之一片，他就可以自信的将他发表出去了。有没有永久的价值，在当时实在没有计较的工夫与馀地。在批评家希望得见永久价值的作品，这原是当然的，但这种佳作是数年中难得一见的；现在想每天每月都遇到，岂不是过大的要求么？我的意见以为最好任各人自由去做他们自己的诗，做的好了，由个人的诗人而成为国民的诗人，由一时的诗而成为永久的诗，固然是最所希望的，即使不然，让各人发抒情思，满足自己的要求，也是很好的事情。如有贤明的批评家给他们指示正当的途径，自然很是有益，但是我们未能自信有这贤明的见识，而且前进的路也不止一条，——除了倒退的路以外都是可以走的，因此这件事便颇有点为难了。做诗的人要做怎样的诗，什么形式，什么内容，什么方法，只能听他自己完全的自由，但有一个限制的条件，便是须用自己的话来写自己的情思。

【锺校】

①“晨报本”题下有小注云：“为燕京大学文学会作，本拟于六月十六日去讲演，因临时生病中止，便在这里发表了，附志一语以谢文学会诸君。”

②此处原衍“刹那”二字，已删。

③“若”原作“犹”。

④【 】括出的文字“北新本”已删，现据“晨报本”恢复，供读者参考。

情诗

读汪静之君的诗集《蕙的风》，便想到了“情诗”这一个题目。

这所谓情，当然是指两性间的恋慕。古人论诗本来也不抹杀情字，有所谓“发乎情止乎礼义”之说；照道理上说来，礼义原是本于人情的，但是现在社会上所说的礼义却并不然，只是旧习惯的一种不自然的遗留，处处阻碍人性的自由活动，所以在他范围里，情也就没有生长的馀地了。我的意见以为只应“发乎情，止乎情”，就是以恋爱之自然的范围为范围；在这个范围以内我承认一切的情诗。倘若过了这界限，流于玩世或溺惑，那便是变态的病理的，在诗的价值上就有点疑问了。

我先将“学究的”说明对于性爱的意见。《爱之成年》的作者凯本德说，“性是自然界里的爱之譬喻”，这是一句似乎玄妙而很是确实的说明。生殖崇拜（Phallicism）这句话用到现今已经变成全坏的名字，专属于猥俗的仪式，但是我们未始不可把他回复到庄严的地位，用作现代性爱的思想的名称，而一切的情歌也就不妨仍加以古昔的 Asmata Phallika（原意生殖颂歌）的徽号。凯本德在《爱与死之戏剧》内，根据近代细胞学的研究，声言“恋爱最初（或者毕竟[①]）大抵只是两方元质的互换”，爱伦凯的《恋爱与结婚》上也说：“恋爱要求结合，不但为了别一新生命的创造，还因为两个人互相因缘的成为一个新的而且比独自存在更大的生命。”所以性爱是生的无差别与绝对的结合的欲求之表现，这就是宇宙间的爱的目的。凯本德有《婴儿》一诗，末尾这样说：

完全的三品：男，女，与婴儿：
在这里是一切的创造了。

×

……不知爱曾旅行到什么地方
他带这个回来，——这最甜美的意义的话：
两个生命作成一个，看似一个，
在这里是一切的创造了。

恋爱因此可以说是宇宙的意义，个体与种族的完成与继续。我们不信有人格的神，但因了恋爱而能了解“求神者”的心情，领会“入神”（Enthousiasmos）

与“忘我”（Ekstasia）的幸福的境地。我们不愿意把《雅歌》一类的诗加以精神的解释，但也承认恋爱的神秘主义②的存在，对于波斯“毛衣派”诗人表示尊重。我相信这二者很有关系，实在恋爱可以说是一种宗教感情。爱慕，配偶与生产：这是极平凡极自然，但也是极神秘的事情。凡是愈平凡愈自然的，便愈神秘，所以在现代科学上的性的知识日渐明了，性爱的价值也益增高，正因为知道了微妙重大的意义，自然兴起严肃的感情，更没有从前那戏弄的态度了。

诗本是人情迸发的声音，所以情诗占着其中的极大地位，正是当然的，但是社会上还流行着半开化时代的不自然的意见，以为性爱只是消遣的娱乐而非生活的经历，所以富有年老的人尽可耽溺，若是少年的男女在文字上质直的表示本怀，便算是犯了道德的律。还有一层，性爱是不可免的罪恶与污秽，虽然公许，但是说不得的，至少也不得见诸文学。在别一方面却又可惊的宽纵，曾见一个老道学家的公刊的笔记，卷首高谈理气，在后半的记载里含有许多不愉快的关于性的暗示的话。正如老人容易有变态性欲一样，旧社会的意见也多是不健全的。路易士（E. Lewis）在《凯本德传》里说：

社会把恋爱关在门里，从街上驱逐他去，说

> 他无耻；扪住他的嘴，遏止他的狂喜的歌；用了卑猥的礼法将他围住；又因了经济状况，使健全的少年人们不得在父母的创造之欢喜里成就了爱的目的：这样的社会在内部已经腐烂，已受了死刑的宣告了。

在这社会里不能理解情诗的意义，原是当然的，所以我们要说情诗，非先把这种大多数的公意完全排斥不可。

我们对于情诗，当先看其性质如何，再论其艺术如何。情诗可以艳冶，但不可涉于轻薄；可以亲密，但不可流于狎亵；质言之，可以一切，只要不及于乱。这所谓乱，与从来的意思有点不同，因为这是指过分，——过了情的分限，即是性的游戏的态度，不以对手当做对等的人，自己之半的态度。简单的举一个例，私情不能算乱，而蓄妾是乱；私情的俗歌是情诗，而咏“金莲”的词曲是淫诗。在艺术上，同是情诗也可以分出优劣，在别一方面淫诗中也未尝没有以技工胜者，这是应该承认的，虽然我不想把他邀到艺术之宫里去。照这样看来，静之的情诗即使艺术的价值不一样（如胡序里所详说），但是可以相信没有“不道德的嫌疑”。不过这个道德是依照我自己的定义，倘若由传统的权威看去，不特是有嫌疑，确实是不道德的了。这旧道德上的不道德，正是情诗的精神，用不着我的什么辩解。静之因为年岁与境遇的关系，还未有热烈之作，但在他那缠绵宛转的情诗里却尽有许多佳句。我对于这些诗的印象，仿佛是散在太空里的宇宙之爱的霞彩，被静之用了捉胡蝶的网兜住了多少，在放射微细的电光。所以见了《蕙的风》里的“放情地唱”，我们应该认为诗坛解放的一种呼声，期望他精进成就，倘若大惊小怪，以为“革命也不能革到这个地步”，哪有如见了小象还怪他比牛大，未免眼光太短了。

【锺校】

①“毕竟”原作“毕究”。

【原注】

②神秘只是说不可思议，并不是神怪，二者区别自明，如生殖的事是神秘，说生殖由神灵主持是神怪了。

《阿丽思漫游奇境记》

近来看到一本很好的书，便是赵元任先生所译的《阿丽思漫游奇境记》。这是“一部给小孩子看的书”，但正如金圣叹所说又是一部“绝世妙文”，就是大人——曾经做过小孩子的大人，也不可不看，看了必定使他得到一种快乐的。世上太多的大人虽然都亲自做过小孩子，却早失了“赤子之心”，好像“毛毛虫”的变了胡蝶，前后完全是两种情状：这是很不幸的。他们忘却了自己的儿童时代的心情，对于正在儿童时代的儿童的心情于是不独不能理解，与以相当的保育调护，而且反要加以妨害；儿童倘若不幸有这种的人做他的父母师长，他的一部分的生活便被损坏，后来的影响更不必说了。我们不要误会这只有顽固的塾师及道学家才如此，其实那些不懂感情教育的价值而专讲实用的新教育家所种的恶因也并不小，即使没有比他们更大。我对于少数的还保有一点儿童的心情的大人们，郑重的介绍这本名著请他们一读，并且给他们的小孩子读。

这部书的特色，正如译者序里所说，是在于他的有意味的“没有意思”。英国政治家辟忒（Pitt）曾说：

> 你不要告诉我说一个人能够讲得有意思；各人都能够讲得有意思。但是他能够讲得没有意思么？

文学家特坤西（De Quincey）也说，只是有异常的才能的人，才能写没有意思的作品。儿童大抵是天才的诗人，所以他们独能赏鉴这些东西。最初是那些近于“无意味不通的好例”的决择歌，如《古今风谣》里的“脚驴斑斑”，以及“夹雨夹雪冻死老鳖”一类的趁韵歌，再进一步便是那些滑稽的叙事歌了。英国儿歌中《赫巴特老母和她的奇怪的狗》与《黎的威更斯太太和她的七只奇怪的猫》，都是这派的代表著作，专以天真而奇妙的“没有意思”娱乐儿童的。这《威更斯太太》是夏普夫人原作，经了拉斯庚的增订，所以可以说是文学的滑稽儿歌的代表，后来利亚（Lear）做有“没有意思的诗”的专集，于是更其完成了。散文的一面，始于高尔斯密的《二鞋老婆子的历史》，到了加乐尔而完成，于是文学的滑稽童话也侵入英国文学史里了。欧洲大陆的作家，如丹麦的安徒生在《伊达的花》与《阿来锁眼》里，荷兰的蔼覃在他的《小约翰》里，也有这类的写法，不过他们较为有点意思，所以在“没有意思”这一点上，似乎很少有人能够赶得上加乐尔的了。然而这没有意思决不是无意义，他这著作是实在有哲学的意义的。麦格那思在《十九世纪英国文学论》上说：

> 利亚的没有意思的诗与加乐尔的阿丽思的冒险，都非常分明的表示超越主义观点的滑稽。他们似乎是说：“你们到这世界里来住罢，在这里物质是一个消融的梦，现实是在幕后。”阿丽思走到镜子的后面，于是进奇境去。在他们的图案上，正经的（分子）都删去，矛盾的事情很使儿童喜悦；但是觉着他自己的限量的大人中之永久的儿童的喜悦，却比（普通的）儿童的喜悦为更高了。

我的本意在推举他在儿童文学上的价值，这些评论本是题外的话，但我想表明他在（成人的）文学上也有价值，所以抄来作个引证。译者在序里说：“我相信这书的文学的价值，比莎士比亚最正经的书亦比得上，不过又是一派罢了。”这大胆而公平的批评，实在很使我佩服。普通的人常常相信文学只有一派是正宗，而在西洋文学上又只有莎士比亚是正宗，给小孩子看的书既然不是这一派，当然不是文学了。或者又相信给小孩子的书必须本于实在或是可能的经验，才能算是文学，如《国语月刊》上勃朗的译文所主张，因此排斥空想的作品，以为不切实用，欧洲大战时候科学能够发明战具，神话与民间故事毫无益处，即是证据。两者之中，第一种拟古主义的意见虽然偏执，只要给他说明文学中本来可以有多派的，如译者那样的声明，这问题也可以解决了；第二种军国主义的实用教育的意见却更为有害。我们姑且不论任何不可能的奇妙的空想，原只是集合实在的事物的经验的分子综错而成，但就儿童本身上说，在他想像力发展的时代确有这种空想作品的需要，我们大人无论凭了什么神呀皇帝呀国家呀的神圣之名，都没有剥夺他们的这需要的权利，正如我们没有剥夺他们衣食的权利一样。人间所同具的智与情应该平匀发达才是，否则便是精神的畸形。刘伯明先生在《学衡》第二期上攻击毫无人性人情的“化学化”的学者，我很是同意。我相信对于精神的中毒，空想——体会与同情之母——的文学正是一服对症的解药。所以我推举这部《漫游奇境记》给心情没有完全化学化的大人们，特别请已为或将为人们的父母师长的大人们看，——若是看了觉得有趣，我便庆贺他有了给人家做这些人的资格了。

对于赵先生的译法，正如对于他的选译这部书的眼力一般，我表示非常的佩服：他的纯白话的翻译，注音字母的实用，原本图画的选入，都足以表见忠实于他的工作的态度。我深望那一部姊妹书《镜里世界》能够早日出版。——译者序文里的意见，上面已经提及，很有可以佩服的地方，但就文章的全体看来，却不免是失败了。因为加乐尔式的滑稽实在是不易模拟的，赵先生给加乐尔的书做序，当然不妨模拟他，但是写的太巧了，因此也就未免稍拙了。……妄言多罪。

《沉沦》

我在要谈到郁达夫先生所作的小说集《沉沦》之先，不得不对于“不道德的文学”这一个问题讲几句话，因为现在颇有人认他是不道德的小说。

据美国莫台耳（Mordell）在《文学上的色情》里所说，所谓不道德的文学共有三种，其一不必定与色情相关的，其馀两种都是关于性的事情的。第一种的不道德的文学实在是反因袭思想的文学，也就可以说是新道德的文学。例如易卜生或托尔斯泰的著作，对于社会上各种名分的规律加以攻击，要重新估定价值，建立更为合理的生活，在他的本意原是“道德的”，然而从因袭的社会看来，却觉得是“离经叛道”，所以加上他一个不道德的名称。这正是一切革命思想的共通的运命，耶稣，哥白尼，达尔文，尼采，克鲁泡金都是如此；关于性的问题如惠忒曼、凯本特等的思想，在当时也被斥为不道德，但在现代看来却正是最醇净的道德的思想了。

第二种的不道德的文学应该称作不端方的文学，其中可以分作三类。（一）是自然的，在古代社会上的礼仪不很整饬的时候，言语很是率真放任，在文学里也就留下痕迹，正如现在乡下人的粗鄙的话在他的背景里实在只是放诞，并没有什么故意的挑拨。（二）是反动的，禁欲主义或伪善的清净思想盛行之后，常有反动的趋势，大抵倾向于裸露的描写，因以反抗旧潮流的威严，如文艺复兴期的法意各国的一派小说，英国王政复古时代的戏曲，可以算作这类的代表。（三）是非意识的，这一类文学的发生并不限于时代及境地，乃出于人性的本然，虽不是端方的而也并非不严肃的，虽不是劝善的而也并非诲淫的；所有自然派的小说与颓废派的著作，大抵属于此类。据“精神分析”的学说，人间的精神活动无不以（广义的）性欲为中心，即在婴孩时代，也有他的性的生活，其中主动的重要分子，便是他苦（Sadistic），自苦（Masochistic），展览（Exhibitionistic）与窥觋（Voyeuristic）的本能。这些本能得到相当的发达与满足，便造成平常的幸福的性的生活之基础，又因了升华作用而成为艺术与学问的根本；倘若因迫压而致蕴积不发，便会变成病的性欲，即所谓色情狂了。这色情在艺术上的表现，本来也是由于迫压，因为这些要求在现代文明——或好或坏——底下，常难得十分满足的机会，所以非意识的喷发出来，无论是高尚优美的抒情诗，或是不端方的（即猥亵的）小说，其动机仍是一样；讲到这里我们不得不承认那色情狂的著作也同属在这一类，但我们要辨明他是病的，与平常的文学不同，正如狂人与常人的不同，虽然这交界点的区画是很难的。莫台耳说：

> 亚普刘思（Apuleius）彼得洛纽思（Petronius）戈谛亚（Gautiar）或左拉（Zola）等人的展览性，不但不损伤而且有时反增加他们著作的艺术的价值。

我们可以说《红楼梦》也如此，但有些中国的淫书却都是色情狂的了。猥亵只是端方的对面，并不妨害艺术的价值。天才的精神状态也本是异常的，然而在变态心理的中线以外的人与著作则不能不以狂论。但是色情狂的文学也只是狂的病的，不是不道德的，至于不端方的非即不道德，那自然是不必说了。

第三种的不道德的文学才是真正的不道德文学，因为这是破坏人间的和平，为罪恶作辩护的，如赞扬强暴诱拐的行为，或性的人身卖买者皆是。严格的说，非人道的名分思想的文章也是这一类的不道德的文学。

照上边说来，只有第三种文学是不道德的，其馀的都不是；《沉沦》是显然属于第二种的非意识的不端方的文学，虽然有猥亵的分子而并无不道德的性质。著者在自序里说：

> 第一篇《沉沦》是描写着一个病的青年的心理，也可以说是青年忧郁病的解剖，里边也带叙着现代人的苦闷，——便是性的要求与灵肉的冲突。……第二篇是描写一个无为的理想主义者的没落。

虽然他也说明“这两篇是一类的东西，就把他们作连续的小说看，也未始不可的”，但我想还不如综括的说，这集内所描写是青年的现代的苦闷，似乎更为确实。生的意志与现实之冲突，是这一切苦闷的基本；人不满足于现实，而复不肯遁于空虚，仍就这坚冷的现实之中，寻求其不可得的快乐与幸福。现代人的悲哀与传奇时代的不同者即在于此。理想与实社会的冲突当然也是苦闷之一，但我相信他未必能完全独立，所以《南归》的主人公的没落与《沉沦》的主人公的忧郁病终究还是一物，著者在这个描写上实在是很成功了。所谓灵肉的冲突原只是说情欲与迫压的对抗，并不含有批判的意思，以为灵优而肉劣；老实说来超凡入圣的思想倒反于我们凡夫觉得稍远了，难得十分理解，譬如中古诗里的“柏拉图的爱”，我们如不将他解作性的崇拜，便不免要疑是自欺的饰词。我们赏鉴这部小说的艺术地写出这个冲突，并不要他指点出哪一面的胜利与其寓意。他的价值在于非意识的展览自己，艺术地写出升化的色情，这也就是直挚与普遍的所在。至于所谓猥亵部分，未必损伤文学的价值；即使或者有人说不免太有东方气，但我以为倘在著者觉得非如此不能表现他的气分，那么当然没有可以反对的地方。但在《留东外史》，其价值本来只足与《九尾龟》相比，却不能援这个例，因为那些描写显然是附属的，没有重要的意义，而且态度也是不诚实的。《留东外史》终是一部“说书”，而《沉沦》却是一件艺术的作品。

我临末要郑重的声明，《沉沦》是一件艺术的作品，但他是“受戒者的文学”（Literature for the initiated），而非一般人的读物。有人批评波特来耳的诗说：

> 他的幻景是黑而可怖的。他的著作的大部分颇不适合于少年与蒙昧者的诵读，但是明智的读者却能从这诗里得到真正希有的力。

这几句话正可以移用在这里。在已经受过人生的密戒，有他的光与影的性的生活的人，自能从这些书里得到希有的力，但是对于正需要性的教育的“儿童”们却是极不适合的。还有那些不知道人生的严肃的人们也没有诵读的资格，他们会把阿片去当饭吃的。关于这一层区别，我愿读者特别注意。

著者曾说：“不曾在日本住过的人，未必能知这书的真价。对于文艺无真挚的态度的人，没有批评这书的价值。”我这些空泛的闲话当然算不得批评，不过我不愿意人家凭了道德的名来批判文艺，所以略述个人的意见以供参考，至于这书的真价，大家知道的大约很多，也不必再要我来多说了。

《王尔德童话》

近来见到穆木天先生选译的《王尔德童话》，因此想就“文学的童话”略说几句。

普通的童话是“原始社会的文学”。我在答赵景深先生《童话的讨论》书上说：

> 原始社会的故事普通分作神话传说童话三种。神话是创世以及神的故事，可以说是宗教的。传说是英雄的战争与冒险的故事，可以说是历史的。童话的实质也有许多与神话传说共通，但是有一个不同点：便是童话没有时与地的明确的指定，又其重心不在人物而在事件，因此可以说是文学的。

但是这种民间童话虽然也是文学，却与所谓文学的童话很有区别：前者是民众的，传述的，天然的；后者是个人的，创作的，人为的。前者是“小说的童年”，后者是小说的化身，抒情与叙事的合体。记录民间童话的人是民俗学者，德国的格林（Grimm）兄弟是最著名的例；创作文学的童话的是文人，王尔德便是其中之一人。

英国安特路兰在《文学的童话论》里说：

> 童话是文学的一种形式，原始地古旧，而又有回复他的少年的无限的力。老婆子的故事，关于一个男孩子与一个女孩子，以及一个凶狠的继母，关于三个冒险的兄弟，关于友谊的或者被禁厌的兽，关于魔法的兵器与指环，关于巨人与吃人的种族的故事，是传奇的小说的最古的形式。开化的民族把这些小孩子气的说话修饰成重要的传奇的神话，如（取金羊毛的）亚尔戈船，以及赫拉克来思与阿迭修思的传说。未开化的种族如阿及贝威，爱思吉摩与萨摩亚人，保存这老婆子的故事，形式没有那样高雅，或者因此却更与原来的形式相近。欧洲的乡里人保留这故事的形式，近于野蛮民族的而与希腊相差更多；到后来文人随从民间传述中采用了这种故事，正如他们的采用寓言一般。

婆罗门教与佛教的经典，中古基督教的传道书里，早已利用了民间传说去载他们的教义，但其本意只是宗教的教训的，并没有将他当作文学看待。这种新的倾向起于十七世纪之末，法国的贝洛尔（Perrault）可以说是这派的一个开创者。他于一六九七年刊行他的《鹅母亲的故事》，在童话文学上辟了一个新纪元；但是他这几篇小杰作虽然经过他的艺术的剪裁，却仍是依据孩儿房的传统，所以他的位置还是在格林兄弟这一边，纯粹的文学的童话界的女王却不得不让给陀耳诺夫人（Madam d'Aulnoy）了。她的四十一册的《仙灵的宫廷》真可以说是仙灵故事的大成，虽然流行于后世的只有《白猫》等若干篇，她只要得到传说里的一点提示，便能造出鲜明快活的故事，充满着十八世纪的宫廷的机智。以后这派童话更加发达，确定为文学的一支，在十九世纪里出了许多佳作，如英国庚斯来的《水孩儿》，拉斯庚的《金河之王》，麦陀那耳特的《梦幻家》，加乐耳的《阿丽思》等都是。丹麦的安徒生更是不消说了，"他在想像上与原始的民间的幻想如此相似，与童年的心的秘密如此相近"。戈斯说："安徒生的特殊的想像使他格外和儿童的心思相亲近。小儿正如野蛮人，于一切不调和的思想分子，毫不介意，容易承受下去；安徒生的技术大半就在这里，他能很巧妙的把几种毫不相干的思想，联结在一起。"因为他是诗人，又是一个"永久的孩子"，所以在文学的童话上是没有人能够及得上的：正如兰氏所说，他的《锡兵》和《丑小鸭》等才是真正的童话。王尔德的《石榴之家》与《幸福王子》两卷书却与安徒生的不同，纯粹是诗人的诗，在这一点上颇与法国孟代的《纺轮的故事》相似。王尔德和孟代一样，是颓废的唯美主义的人，但孟代在他的故事里明显的表示出快乐主义的思想，王尔德的又有点不同。这九篇都是“空想的童话，中间贯穿着敏感而美的社会的哀怜，恰如几幅锦绣镶嵌的织物，用一条深红的线坚固地缀成一帖”（据亨特生著《人生与现代精神的解释者》）。王尔德的文艺上的特色，据我想来是在于他的丰丽的辞藻和精炼的机智，他的喜剧的价值便在这里，童话也是如此；所以安徒生童话的特点倘若是在“小儿说话一样的文体”，那么王尔德的特点可以说是在“非小儿说话一样的文体”了。因此他的童话是诗人的，而非是儿童的文学，因为在近代文艺上童话只是文学的一种形式，内容尽多变化，如王尔德、孟代等的作品便是这文学的童话的最远的变化的一例了。

以上关于王尔德童话的一点意见，译者在序里也已约略说及，我现在只是略加说明罢了。译者在原本九篇里选了《渔夫与他的魂》《莺儿与玫瑰》《幸福王子》《利己的巨人》与《星孩儿》这五篇，对于这个选择我也完全同意。关于译文我没有什么话说，不过觉得地名的译义似乎还有可商的地方。如《利己的巨人》里的“谷墙地方的食人鬼”一句里的“谷墙”，现在虽然是称作康瓦尔（Cornwall），可以作这两个字解，但据贝林戈尔特的《康瓦尔地志》说，这个名称起于十世纪，当时读作科伦威勒思（Cornweales），意云（不列颠的）角上的威尔士人。这本来不过是些小事，但使我最不满意的却是纸张和印工的太坏，在看惯了粗纸错字的中国本来也不足为奇，但看到王尔德的名字，联想起他的主张与文笔，比较摊在眼前的册子，禁不住发生奇异之感。我们并不敢奢望有什么插画或图案，只求在光洁的白纸上印着清楚的黑字便满足了，因为粗纸错字是对于著者和译者——即使不是对于读者——的一种损害与侮辱。

《你往何处去》

波兰显克微支的名作《你往何处去》，已由徐炳昶、乔曾劬二君译成中国语了，这是一件很可喜的事。

显克微支在本国的声名，第一是革命家，第二是小说家；小说中的声名，又以短篇居第一，历史小说居第二。但在外国恰是相反，大家只知道他是小说家，是历史小说家，而且历史小说之中又最推赏这部"描写当希腊罗马文明衰颓时候的社会状况和基督教的真精神"的《你往何处去》，至于描写波兰人的真精神的《火与剑》等三部曲①却在其次了。就艺术上讲，那三部曲要较为优胜，因为他做《你往何处去》虽然也用该博精密的文化史知识作基本，但他描写里边的任何人，都不能像在三部曲里描写故国先人的样子，将自己和书中人物合一了去表现他，其次则因为寄托教训，于艺术便不免稍损了。但大体上总是历史小说中难得的佳作，波兰以外的国民把这部书认为显克微支的最大的著作，却也是当然的了。

这部书是表扬基督教的真精神的，但书中基督教徒的描写都不很出色，黎基与维尼胥的精神的恋爱是一件重要的插话，可是黎基的性格便很朦胧的几乎没有独立的个性，克洛福特在《外国文学之研究》上说，“黎基是小说里的一个定型的基督教处女，她的命运是从狮子圈里被救出来”，可以算是确当的评语。在全书里写得最好，又最能引起我们的同情的，还是那个“丰仪的盟主”俾东。他是一个历史上有名人物，据挞实图的历史里说：

> 他白天睡觉，夜里办事及行乐。别人因了他们的勤勉得成伟大，他却游惰而成名，因为他不像别的浪子一样，被人当作放荡的无赖子，但是一个奢华之专门学者（Erudito Luxu）。

挞实图生于奈龙朝，所说应该可信的。就俾东的生活及著作（现存的《嘲笑录》的一部分）看来，他确是近代的所谓颓废派诗人的祖师，这是使现代人对于他觉得有一种同情的缘故。其实那时罗马朝野上多是颓废派气味的人，便是奈龙自己也是，不过他们走到极端去了，正如教徒之走向那一个极端，所以发生那样的冲突。在或一意义上两方都可以说是幸福者，只有在这中间感到灵肉的冲突，美之终生的崇拜者，而又感知基督教的神秘之力的，如俾东那样的人，才是最可同情，因为这也是现代人所同感的情况了。显克微支自己大约也就多少如此，只是心里深固的根蒂牵挽他稍偏于这一面，正如俾东的终于偏在异教那一面罢了。

《你往何处去》中有几段有名的描写，如第一篇第一章记俾东在浴室里的情形，使我们可以想见他的生活；第三篇第十一章（译本）的写教徒的被虐杀，第十七章的虞端斯拗折牛颈，救出黎基，很有传奇的惊心动魄的力量；至于卷末彼得见基督的半神话的神秘，俾东和哀尼斯情死的悲哀而且旖旎，正是极好的对比。显克微支的历史小说，本来源出司各得，但其手法决不下于司各得，这便是在《你往何处去》中也可以看出来的。徐、乔二君的译本据序里所说是以直译为主的；我们平常也主张直译，但是世间怀疑的还很多，现在能有这样的好成绩，可以证明直译的适用，实在是很可尊重的。卷首有一篇深切著明的序言，也是难得的；俗语说，会看书的先看序，现在可以照样的说，要知道书的好否，只须先看序。译著上边，有一篇好的序言，这是我们所长久期待而难得遇到的事。

对于这个译本要说美中不足，觉得人名音译都从法国读法，似乎不尽适当。譬如 Petronius 译作彼得罗纽思或者未免稍烦，但译作俾东，也太省略。我想依了译本文体的精神，也应用全译的人名才觉相称。希腊罗马人名本来欧洲各国都照本国习惯去写读，德国一部分的学者提倡改正，大家多以为迂远，但我个人意见却以为至有道理。其次，则原书所据法国译本，似有节略。据说英译显克微支著作，以美国寇丁（Curtin）的足译本为最善，两相比较，英译还更多一点，第三篇分章也不相同，计有三十一章。在外国普通译本，对于冗长之作加以节略，似亦常有，无伤大体，或者于普及上还可以有点效用，不过我们的奢望，不免得了陇又要望蜀罢了。

【锺校】

①“曲”原作“作”，从下文改。

《魔侠传》

我好久没有读古文译本的小说了，但是这回听说林纾、陈家麟二君所译的《魔侠传》是西班牙西万提司的原作，不禁起了好奇心，搜求来一读，原来真是那部世界名著 *Don Quixote*（《吉诃德先生》）的第一分，原本五十二章，现在却分做四段了。

西万提司（Miguel de Cervantes，1547—1616）生于西班牙的文艺复兴时代，本是一个军人，在土耳其战争里左手受伤成了残废，归途中又为海贼所掳，带往非洲做了五年苦工；后来在本国做了几年的收税官，但是官俸拖欠拿不到手，反因税银亏折，下狱追比，到了晚年，不得不靠那馀留的右手著书度日了。他的著作，各有相当的价值，但其中却以《吉诃德先生》为最佳，最有意义。据俄国都盖涅夫在《吉诃德与汉列忒》一篇论文里说，这两大名著的人物实足以包举永久的二元的人间性，为一切文化思想的本源；

吉诃德代表信仰与理想，汉列忒（Hamlet）代表怀疑与分析；其一任了他的热诚，勇往直前，以就所自信之真理，虽牺牲一切而不惜；其一则凭了他的理知，批评万物，终于归到只有自己，但是对于这唯一的自己也不能深信。这两种性格虽是相反，但正因为有他们在那里互相撑拒，文化才有进步，《吉诃德先生》书内便把积极这一面的分子整个的刻画出来了。在本书里边，吉诃德先生（译本作当块克苏替[①]）与从卒山差邦札（译本作山差邦）又是一副绝好的对照；吉诃德是理想的化身，山差便是经验的化身了。山差是富于常识的人，他的跟了主人出来冒险，并不想得什么游侠的荣名，所念念不忘者只是做海岛的总督罢了；当那武士力战的时候，他每每利用机会去喝一口酒，或是把“敌人”的粮食装到自己的口袋里去。他也知道主人有点风颠，知道自己做了武士的从卒的命运除了被捶以外是不会有什么好处的，但是他终于遍历患难，一直到吉诃德回家病死为止。都盖涅夫说，“本来民众常为运命所导引，无意的跟着曾为他们所嘲笑、所诅咒、所迫害的人而前去”，或者可以作一种说明。至于全书的精义，著者在第二分七十二章里说得很是明白。主仆末次回来的时候，山差望见村庄便跪下祝道：

> 我所怀慕的故乡，请你张开眼睛看他回到你这里来了，——你的儿子山差邦札，他身上满是鞭痕，倘若不是金子。请你又张了两臂，接受你的儿子吉诃德先生，他来了，虽然被别人所败，却是胜了自己了。据他告诉我，这是一切胜利中人们所最欲得的（大）胜利了……

这一句话不但是好极的格言，也就可以用作墓碑，纪念西班牙与其大著作家的辛苦而光荣的生活了。

《吉诃德先生》是一部“拟作”（Parody），讽刺当时盛行的游侠小说的，但在现今这只是文学史上的一件史实，和普通赏鉴文艺的没有什么关系了。全书凡一百八章，在现时的背景里演荒唐的事迹，用轻妙的笔致写真实的性格，又以快活健全的滑稽贯通其间，所以有永久的生命，成为世界的名著。他在第二分的序信上（一六一六年，当明朝万历末年），游戏的说道，中国皇帝有信给他，叫他把这一部小说寄去，以便作北京学校里西班牙语教科书用。他这笑话后来成为预言，中国居然也有了译本，但是因为我们的期望太大，对于译本的失望也就更甚，——倘若原本是“白髭拜”（Guy Boothby）一流人的著作，自然没有什么可惜。全部原有两分，但正如《鲁滨孙漂流记》一样，世间往往只取其上半部（虽然下半部也是同样的好)，所以这一节倒还可以谅解。林君的古文颇有能传达滑稽味的力量，这是不易得的，但有时也大失败，如欧文的《拊掌录》的译文，有许多竟是恶札了。在这《魔侠传》里也不免如此，第十六章(译本第二段第二章)中云：

> 骡夫在客店主人的灯光下看见他的情人是怎样的情形(案指马理多纳思被山差所打)，便舍了吉诃德，跑过去帮助她。客店主人也跑过去，虽然是怀着不同的意思，因为他想去惩罚那个女人，相信她是这些和谐的唯一的原因。正如老话(案指一种儿童的复叠故事)里所说，猫向老鼠，老鼠向绳，绳向棍子，于是骡夫打山差，山差打女人，女人打他，客店主人打她，大家打得如此活泼，中间不容一刹那的停顿。

汉译本上却是这几句话：

> 而肆主人方以灯至。驴夫见其情人为山差邦所殴。则舍奎沙达。奔助马累托。奎沙达见驴夫击其弟子。亦欲力疾相助。顾不能起。肆主人见状。知衅由马累托。则力蹴马累托。而驴夫则殴山差邦。而山差邦亦助殴马累托。四人纷纠。声至杂乱。

至于形容马理多纳思(即马累托)的一节，两本也颇有异同，今并举于下：

这客店里唯一的仆役是一个亚斯都利亚地方的姑娘，有一个宽阔的脸，平扁的后颅，塌鼻子，一只眼斜视，那一只也不平正，虽然她的身体的柔软可以盖过这些缺点，因为她的身长不过七掌（案约四尺半），两肩颇肥，使她不由的不常看着地面。

（以上并据斯密士1914版英译本）

此外尚有一老妪。广额而丰颐。眇其一目。然颇趫捷。盖自顶及踵。不及三尺。肩博而厚。似有肉疾自累其身。（林译本一之二）

这一类的例，举起来还很多，但是我想这个责任，口译者还须担负大半，因为译文之不信当然是口译者之过，正如译文之不达不雅——或太雅——是笔述者之过一样。他们所用的原本似乎也不很好，大约是一种普通删改本。英译本自十七世纪以来虽然种类颇多，但好的也少，十九世纪末的阿姆斯比（Ormsby）的四卷本，华支（Watts）的五卷本，和近来的斯密士（Smith）的一卷本，算是最为可靠，只可惜不能兼有陀勒（Dore）的插画罢了。爱西万提司的人，会外国文的都可以去得到适当的译本（日本也有全译），不会的只得去读这《魔侠传》，却也可以略见一斑，因为原作的趣味太丰厚了，正如华支在《西万提司评传》中所说，即使在不堪的译文如莫妥（Motteux）的杂译本里，他的好处还不曾完全失掉。所以我说《魔侠传》也并非全然无用，虽然我希望中国将来会有一部不辱没原作者的全译出现。

本文以外，还有几句闲话。原本三十一章（林译本三之四）中，安特勒思叫吉诃德不要再管闲事，省得使他反多吃苦，末了说："我愿神使你老爷和生在世上的所有的侠客都倒了霉。"林君却译作："似此等侠客在法宜骈首而诛，不留一人以害社会。"底下还加上两行小注道："吾于党人亦然。"这种译文，这种批注，我真觉得可惊，此外再也没有什么可说了。

【锺校】

①"当块克苏替"，后引译本第二段第二章中作"奎沙达"。

□绿洲

《绿洲》[①]小引

除了食息以外，一天十二小时，即使在职务和行路上消费了七八时，也还有四五时间可以供自己的读书或工作。但这时候却又有别的应做的事情：写自己所不高兴作的文章，翻阅不愿意看的书报，这便不能算是真的读书与工作。没有自己私有的工夫，可以如意的处置，正是使我们的生活更为单调而且无聊的地方。然而偶然也有一两小时可以闲散的看书，而且所看的书里也偶然有一两种觉得颇惬心目，仿佛在沙漠中见到了绿洲（Oasis）一般，疲倦的生命又恢复了一点活气，引起执笔的兴趣，随意写几句，结果便是这几篇零碎的随笔。

一九二三年，一月二十日。

【锺校】

①《绿洲》为《晨报副镌》之随笔专栏，收入《自己的园地》时，篇目和次序均有调整。

《镡百姿》

近来所见最有趣味的书物之一，是日本大熊喜邦所编的《镡百姿》，选择古剑镡图案，用玻璃板照原形影印，凡百张，各加以说明。

镡古训剑鼻，徐谐注云人握处之下也，相传为剑柄末端，惟日本用作刃下柄上护手铁盘之称。《庄子》说剑凡五事，曰锋锷脊镡夹，未曾说及这一项；大约古时没有护手，否则所谓剑鼻即指此物，也未可知，因为盾鼻印鼻瓜鼻都是譬喻，指隆起之处，不必有始末之意思，执了“鼻犹初也”的话去做解释，未免有点穿凿。中国近代刀剑的护手，至少据我们所见，都没有什么装饰，日本的却大不相同，大抵用金属镶嵌，或是雕镂。《镡百姿》中所收的都是透雕铁镡，可以代表其中最重要的一部分。镡作圆形，径约二寸五分。正中寸许名切羽台，中开口容剑刃，左右又有二小孔曰柜穴；图案便以切羽台为中心，在圆周之中巧为安排，颇与镜背花纹相似。唯镜纹多用几何形图案，又出于铸造，镡则率用自然物，使图案化，亦有颇近于写实者，意匠尤为奇拔，而且都是手工雕刻，更有一种特别的风致。我反复的看过几遍，觉得有不尽的趣味。这种小工艺美术品最足以代表国民的艺术能力，所以更可注意。他的特色，正如编者所说，在能于极小的范围中满装丰富的意匠，这的确是难能可贵的事。

中国讲艺术，每每牵联到道德上去，仿佛艺术的价值须得用道德，——而且是最偏隘的旧道德的标准去判定才对。有人曾说只有忠臣孝子的书画是好美术，凡不曾殉难或割股的人所写的便都没有价值。照这个学说讲来，那么镡的雕刻确是不道德的艺术品，因为他是刀剑上的附属品，而刀剑乃是杀人的凶器，——要说是有什么用处，那只可以用作杀伐的武士道的赃证罢了。不过这是“忠臣美术”的学说，在中国虽然有人主张，其实原是不值一驳的笑话，引来只是“以供一笑”。人的心理无论如何微妙，看着镡的雕刻的时候，大约总不会离开了雕刻，想到有镡的剑以至剑之杀人而起了义愤，回过来再恨那镡的雕刻。在大反动时代，这样的事本来也常遇见，对于某一种制度或阶级的怨恨往往酿成艺术的大残毁，如卫道者之烧书毁像，革命党之毁王朝旧迹，见于中外历史；他们的热狂虽然也情有可原，但总是人类还未进步的证据。罗素说：“教育的目的在使心地宽广，不在使心地狭隘。”（据一月十五日《学灯》译文）人只为心地狭隘，才有这些谬误；倘若宽广了，便知道镡不是杀伐，经[1]像宫殿不是迷信和专制的本体了。我看了《镡百姿》而推想到别人的误会，也可谓未免以小人之心度人了，但恐中国未必缺乏这派的批评家，所以多写了这一节。

【锺校】

①“经”字上原衍“已”字，已删。

法布耳《昆虫记》

法国法布耳所著的《昆虫记》共有十一册，我只见到英译《本能之惊异》《昆虫的恋爱与生活》《蟓虫的生活》和从全书中摘辑给学生读的《昆虫的奇事》，日本译《自然科学故事》《蜘蛛的生活》以及全译《昆虫记》第一卷罢了。在中国要买外国书物实在不很容易，我又不是专门家，积极的去收罗这些书，只是偶然的遇见买来，所以看见的不过这一点，但是已经尽够使我十分佩服这“科学的诗人”了。

法布耳的书中所讲的是昆虫的生活，但我们读了却觉得比看那些无聊的小说戏剧更有趣味，更有意义。他不去做解剖和分类的工夫（普通的昆虫学里已经说的够了），却用了观察与试验的方法，实地的纪录昆虫的生活现象，本能和习性之不可思议的神妙与愚蒙。我们看了小说戏剧中所描写的同类的运命，受到深切的铭感，现在见了昆虫界的这些悲喜剧，仿佛是听说远亲——的确是很远的远亲——的消息，正是一样迫切的动心，令人想起种种事情来。他的叙述，又特别有文艺的趣味，更使他不愧有昆虫的史诗之称。戏剧家罗斯丹（Rostand）批评他说，“这个大科学家像哲学者一般的想，美术家一般的看，文学家一般的感受而且抒写”，实在可以说是最确切的评语。默忒林克（Maeterlinck）称他为“昆虫的荷马”[①]，也是极简明的一个别号。

法布耳（Jean Henri Fabre，1823—1914）的少年生活，在他的一篇《爱昆虫的小孩》中说的很清楚，他的学业完全是独习得来的。他在乡间学校里当理化随后是博物的教师，过了一世贫困的生活。他的特别的研究后来使他得了大名，但在本地不特没有好处，反造成许多不愉快的事情。同僚因为他的博物讲义太有趣味，都妒忌他，叫他做“苍蝇”，又运动他的房东，是两个老姑娘，说他的讲义里含有非宗教的分子，把他赶了出去。许多学者又非难他的著作太浅显了，缺少科学的价值。法布耳在《荒地》一篇论文里说：

> 别的人非难我的文体，以为没有教室里的庄严，不，还不如说是干燥。他们恐怕一页书读了不疲倦的，未必含着真理。据他们说，我们的说

话要晦涩，这才算是思想深奥。你们都来，你们带刺者，你们蓄翼着甲者，都来帮助我，替我作见证。告诉他们，我的对于你们的密切的交情，观察的忍耐，记录的仔细。你们的证据是一致的：是的，我的书册，虽然不曾满装着空虚的公式②与博学的胡诌，却是观察得来的事实之精确的叙述，一点不多，也一点不少；凡想去考查你们事情的人，都能得到同一的答案。

他又直接的对着反对他的人们说：

倘若我为了学者，哲学家，将来想去解决本能这个难问题的人而著述，我也为了而且特别为了少年而著述；我想使他们爱那自然史，这就是你们使得他们如此厌恶的。因此，我一面仍旧严密的守着真实，却不用你们的那科学的散文，因为那种文章有时似乎是从伊罗瓜族③的方言借用来的！

我们固然不能菲薄纯学术的文体，但读了他的诗与科学两相调和的文章，自然不得不更表敬爱之意了。

小孩子没有不爱生物的。幼时玩弄小动物，随后翻阅《花镜》《格致镜原》和《事类赋》等书找寻故事，至今还约略记得。见到这个布罗凡斯（Provence）的科学的诗人的著作，不禁引起旧事，羡慕有这样好书看的别国的少年，也希望中国有人来做这翻译编纂的事业，即使在现在的混乱秽恶之中。

【原注】

①荷马即 Homero 的旧译，相传是希腊二大史诗的作者。

③伊罗瓜族（Iroquois）是北美土人的一族。

【鄢校】

②“公式”原作“方式”。

猥亵论

蔼理斯（Havelock Ellis）是现代英国的有名的善种学及性的心理学者，又是文明批评家。所著的一卷《新精神》（*The New Spirit*），是世界著名的文艺思想评论。近来读他的《随感录》（*Impressions and Comments* 1914），都是关于艺术与人生的感想，范围很广，篇幅不长，却含蓄着丰富深邃的思想；他的好处，在能贯通艺术与科学两者而融和之，所以理解一切，没有偏倚之弊。现在译述他的一篇论文艺上之猥亵的文章，作为他思想的健全的一例。

四月二十三日（1913），我今天（在报纸上）看见判事达林在总结两造供词的时候对陪审官说，他“不能够念完拉布来（Rebelais）的一章书而不困倦得要死”。这句话里的意义，似乎是说拉布来是一个猥亵的作家。至于其中的含蓄，似乎是说在那法官一样的健全地端正而且高等的心里看来，猥亵的东西只是觉得无聊罢了。

我引这句话，并不当作一种乖谬的言行，只因为他实在是代表的。我仿佛记得年幼的时候，曾经很用心的读麦考来的论文，在那里也见到很相像的话，虽然并不含蓄着相像的深意。我那时便去把拉布来买来，亲自检查，却发见了拉布来是一个大哲学家，这个发见并不是从麦考来那边得来的，所以我以为是我的独得。过了几年偶然遇见辜勒律己的议论，说及拉布来的可惊的哲学的才能和他的优雅高尚的道德，我才晓得自己不是孤立，感到一种不能忘记的喜悦。

这似乎很是的确的：在文艺上有猥亵的分子出现的时候，——我说猥亵这个字是用在没有色彩的，学术的意思上，表示人生的平常看不见的那一面，所谓幕后的一面，并不含有什么一定不好的意味，——在大半数的读者这便立刻占据了他的全个的视野。读者对于这个或者喜欢或者不喜欢，但是他的反应似乎非常强烈，倘若是英国人尤甚，以至就吸收了他们的精神活动的全体。——我说“倘若是英国人尤甚”，因为这种倾向虽是普遍的，在盎格鲁索逊人的心里却特别有力。“法国女优”伽比特斯利曾说在伦敦舞台上，做出一种单想引起娱乐的动作，往往只得到看客的非常庄重的神气，觉得很是惶惑："我着紧身裤上场的时候，观众似乎都屏住气了！"——因此那种书籍不是秘密沉默的被珍重，便是高声的被反对与骂詈。这个反应不但限于愚蒙的读者，他还影响到常人，以及有智识的高等的人，有时还影响到伟大的文学家。这书或者是一个大哲学家所著，包含着他的最深的哲学，只要有一个猥亵的字出现在里边，这一个字便牵引了各国读者的注意。所以沙士比亚曾被当作猥亵的作家，必需经过删节，或者在现今还是被人这样看待，虽然在我们端淑的现代读者的耳朵里，觉得猥亵的文句实在极少，一总收集拢来不过只是一页罢了。所以即使是圣书，基督教徒的天启之书，也被合法的宣告为猥亵。这或者是合理的判决，因为合法的判决一定应当代表公众的意见；法官必须是合法的，无论他是否公正。

我们不明白，这有多少是由于缺陷的教育，因此是可以改变的，或者多少是出于人心的一种可以消除的倾向。猥亵的形式当然因了时代而变化，他是每日都在变化的。有许多在古罗马人以为猥亵的，我们看了并不如此，有许多在我们以为猥亵的，罗马人见了将要笑我们的简单了。但是野蛮人有时也有原始的善良社会上不应说的猥亵话，有一种很是严密的礼法，犯了这礼法便算是猥亵。在他那部不朽的著作上，拉布来穿着一件奇异而华丽的，的确有很猥亵的质地的衣服，因此把曾经生在世上的最大最智的精神之一从俗眼的前面隐藏过了，大约他自己正是希望这样的。我觉得很是愉快，想到将来或有一日，在这样快活勇敢而且深邃的把人生整个地表示出来，又以人生为甘美的人们的面前，平常的人都将本能地享乐这个影像，很诚敬的，即使不跪下去，感谢[①]他的神给与他这个特权。但是人还不能深信将来就会如此。

关于伽比特斯利的演艺，蔼理斯在十月二十二日的一条下写着很好的评论：巴黎式的自由的艺术，到了伦敦经绅士们的干涉，便恶化了，躲躲闪闪的反加上了许多卑猥的色彩。

在这淫佚与端淑之巧妙的混合里面，存着一种不愉快，苦痛而且使人堕落的东西。观众倘若一加思想，便当明白在这平常的演艺中间，他们的感情是很卑劣的被玩弄了，而且还加上一层侮辱的防范，这是只适用于疯人院，而不适于当然

> 自能负责的男女的。末了，人就不得不想，这还不如看在舞台上的，是的，在舞台上的纯粹裸体，要更多有使人清净高尚的力量。

这一节话很可以说明假道学的所以不道德的地方，因为那种反抗实在即是意志薄弱易受诱惑的证据。蔼理斯竭力排斥这种的端淑，正是他的思想健全的缘故，在《新思想》中极倾倒于惠特曼，也就因为他是同拉布来一样的能够快活勇敢而且深邃的把人生整个地表示出来，虽然在美国也被判决为猥亵而革去了他的职务。

【锺校】

①“感谢”，“晨报本”作“要感谢”。

文艺与道德

一

英国的蔼理斯不是专门的文艺批评家，实在是一个科学家，性的心理学之建设者，但他也作有批评文艺的书。因为如上边所说，他毫无那些专门“批评家”的成见与气焰，不专在琐屑的地方吹求，——却纯从大处着眼，用了广大的心与致密的脑估量一切，其结果便能说出一番公平话来，与“批评家”之群所说的迥不相同，这不仅因为他能同时理解科学与艺术，实在是由于精神宽博的缘故。读他所著的《新精神》《断言》《感想录》以至《男女论》《罪人论》《性的心理研究》和《梦之世界》，随处遇见明智公正的话，令人心悦诚服。先前曾从《感想录》中抄译一节论猥亵的文章，在《绿洲》上介绍过，现在根据《断言》（*Affirmations* 1898）再抄录他的一点关于文艺与道德的意见。

《断言》中共有六篇文章，是分论尼采，凯沙诺伐（Casanova），左拉，许斯曼（Huysmans），圣弗兰西思的，都是十分有趣的题目，一贯的流通着他那健全清净的思想。现在所引却只是凯沙诺伐与左拉两章里的话。凯沙诺伐是十八世纪欧洲的一个著名不道德的人物，因为他爱过许多许多的妇人，而且还留下一部法文日记，明明白白的纪述在上面，发刊的一部分虽然已经编者的"校订"还被归入不道德文书项下，据西蒙士（Symons）在《数世纪的人物》中所说，对于此书加以正当的批判者——至少在英美——只有蔼理斯一人。凯沙诺伐虽然好色，但他决不是玩弄女性的人。

> 他完全把握着最近性的心理学者所说的"求爱的第二法则"，便是男子不专图一己之满足而对于女子的身心的状态均有殷勤的注意。在这件事上，凯沙诺伐未始不是[①]给予现在最道德的世纪里的许多贤夫的一个教训。他以所爱妇女的悦乐为悦乐而不耽于她们的供奉，她们也似乎恳挚的认知他的爱术的工巧。凯沙诺伐爱过许多妇女，但不曾伤过几个人的心。……一个道德纤维更细的人不会爱这许多女人，道德纤维更粗的人

也不能使这许多女人仍是幸福。

这可以说是确当的批语。

但凯沙诺伐日记价值还重在艺术的一方面，据蔼理斯说这是一部艺术的好书，而且很是道德的。

淑本好耳（Schopenhauer）有一句名言，说我们无论走人生的哪一条路，在我们本性内总有若干分子，须在正相反对的路上才能得到满足；所以即使走任何道路，我们总还是有点烦躁而且不满足的。在淑本好耳看来，这个思想是令人倾于厌世的，其实不必如此。我们愈是绵密的与实生活相调和，我们里面的不用不满足的地面当然愈是增大。但正是在这地方，艺术进来了。艺术的效果大抵在于调弄这些我们机体内不用的纤维，因此使他们达到一种谐和的满足之状态，——就是把他们道德化了，倘若你愿意这样说。精神病医生常述一种悲惨的疯狂病，为高洁的过着禁欲生活的老处女们所独有的。她们当初好像对于自己的境遇很满意，过了多少年后，却渐显出不可抑制的恼乱与色情冲动；那些生活上不用的分子，被关闭在心灵的窖里，几乎被忘却了，终于反叛起来，喧扰着要求满足。古代的狂宴——基督降诞节的腊祭，圣约翰节的中夏祭，——都证明古人很聪明的承认，日常道德的实生活的约束有时应当放松，使他不至于因为过紧而破裂。我们没有那狂宴了，但我们有艺术替代了他。我们的正经的主母不复遣发女儿们拿着火把在半夜里往山林中去，在那里跳舞与酒与血将给她们以人生秘密之智识；现在她却带了女儿们看“忒列斯丹”（Tristan）去，——幸而不能看彻那些小心地养大的少年心灵在那时是怎样情形。艺术的道德化之力，并不在他能够造出我们经验的一个怯弱的模拟品，却在于他的超过我们经验以外的能力，能够满足而且调和我们本性中不曾充足的活力。艺术对于鉴赏的人应有这种效力，原也不足为奇；如我们记住在创作的人，艺术正也有若干相似的影响。或评画家瓦妥（Watteau）云荡子精神，贤人行径。摩诃末那样放佚地描写天国的黑睛仙女的时候，还很年青，是一个半老女人的品行端正的丈夫。

“唱歌是很甜美；但你要知道，

嘴唱着歌，只在他不能亲吻的时候。”

曾经有人说瓦格纳（Wagner），在他心里有着一个禁欲家和一个好色家的本能，这两种性质在使他成大艺术家上面都是一样的重要。这是一个很古的观察，那最不贞洁的诗是最贞洁的诗人所写，那些写得最清净的人却生活得最不清净。在基督教徒中也正是一样，无论新旧宗派，许多最放纵的文学都是教士所作，并不因为教士是一种堕落的阶级，实在只因他们生活的严正更需这种感情的操练罢了。从自然的观点说来，这种文学是坏的，这只是那猥亵之一种形式，正如[2]许思曼所说唯有贞洁的人才会做出的；在大自然里，欲求急速地变成行为，不留什么痕迹在心上面，或一定[3]程度的节制——我并不单指关于性的事情，并包括其他许多人生的活动在内，——是必要的，使欲求的梦想和影像可以长育成为艺术的完成的幻景。但是社会的观点却与纯粹的自然不同。在社会上我们不能常有容许冲动急速而自由地变成行为的馀地；为要免避被迫压的冲动之危害起见，把这些感情移用在更高上稳和的方面却是要紧了。正如我们需要体操以伸张和谐那肌体[4]中不用的较粗的活力一样，我们需要美术文学以伸张和谐那较细的活力。这里应当说明，因为情绪大抵也是一种肌肉作用，在多少停顿状态中的动作，所以上边所说不单是普通的一个类似。从这方面看来，艺术正是情绪的操练。像

《凯沙诺伐日记》一类的书，是这种操练中的重要部分。这也会被滥用，正如我们赛跑的或自转车手的过度一样；但有害的是滥用，并不是利用。在文明的人为制度之下，鉴赏那些英雄地自然的人物之生活与行事，是一种含有精妙的精神作用的练习。因此这样的文学具有道德的价值：他帮助我们平安地生活，在现代文明的分化的日程之中。　　　　　　　　（原文 114—117）

蔼理斯随后很畅快的加上一句结论："如有有教化的男子或女子不能从这书里得到一点享乐，那么在他必定有点不健全而且异常，——有点彻心地腐败了的地方。"

二

左拉的著作，在讲道德的宗教家和谈"艺术"的批评家看来，都是要不得的，他的自然主义不但浅薄而且有害。不过那些议论不去管他也罢，我们只想一说蔼理斯的公正的批语。据他所说造成左拉的文学的有三种原因：第一，他的父系含有希腊意大利的血脉；第二，家庭里的工学的习惯；第三，最重要的是少年时代贫穷的禁欲生活。

那个怯弱谨慎的少年——因为据说左拉在少

年及壮年时代都是这样的性质，——同着他所有新鲜的活力被闭关在顶楼上，巴黎生活的全景正展开在他的面前。为境遇及气质所迫，过着极贞洁清醒的生活，只有一条路留着可以享受，那便是视觉的盛宴。我们读他的书，可以知道他充分的利用，因为《路刚麦凯耳丛书》中的每册都是物质的视像的盛宴。左拉仍是贞洁，而且还是清醒，但是这早年的努力，想吸取外界的景象声音以及臭味，终于形成一种定规的方法。划取人生的一角，详细纪录它的一切，又放进一个活人去，描写他周围所有景象臭味与声音，虽然在他自己或者全是不觉的，这却是最简单的，做一本"实验小说"的方剂。这个方法，我要主张，是根据于著者之世间的经验的。人生只现作景象声音臭味，进他的顶楼的窗，到他的面前来。

×

左拉对于他同时的以及后代的艺术家的重要供献，他所给予的激刺的理由，在于他证明那些人生的粗糙而且被忽视的节目都有潜伏的艺术效用。《路[5]刚麦凯耳丛书》，在他的虚弱的同僚看来，好像是从天上放下来的四角缝合的大布包，满装着四脚的兽，爬虫和鸟，给艺术家以及道德家一个训示，便是世上没有东西可以说是平凡或不净的。自此以后，别的小说家因此能够在以前决不敢去的地方寻到感兴，能够用了强健大胆的文句去写人生，要是没有左拉的先例，他们是不[6]敢用的；然而别一方面，他们还是自由的可以在著作上加上单纯精密与内面的经验，此三者都是左拉所没有的特色。

总之左拉“推广了小说的领域”，即此一事也就足以在文艺史上划一时期了。

左拉好用粗俗的话写猥亵的事，为举世诟病之原因，但这也正是他的一种大的好处。蔼理斯说：

推广用语的范围不是有人感谢的事，但年长月久，亏了那些大胆地采用强烈而单纯的语句的人们，文学也才有进步。英国的文学近二百年来，因为社会的倾向忽视表现，改变或禁用一切有力深刻的文词，很受了阻碍。倘若我们回过去检查屈塞，或者就是沙士比亚也好，便可知道我们失却了怎样的表现力了。……例如我们几乎已经失了两个必要的字“肚”与“肠”，在《诗篇》中本是用得很多而且很巧妙的；我们说“胃”，但这个字不但意义不合，在正经的或诗趣的运用上也极不适宜。凡是知道古代文学或民间俗语的人，当能想起同样的单纯有力的语句，在文章上已经消失，并不曾留下可用的替代字。在现代的文章上，一个人只剩了两截头尾。因为我们拿尾间骨为中心，以一尺八寸的半径——在美国还要长一点——画一圆圈，禁止人们说及圈内的器官，除了那“打杂”的胃；换言之，便是我们使人不能说着人生的两种中心的机关（食色）了。

在这样境况之下，真的文学能够生长到什么地步，这是一个疑问，因为不但文学因此被关出了，不能与人生的要点接触，便是那些愿意被这样的关出，觉得在社会限定的用语范围内很可自在的文人，也总不是那塑成大著作家的英勇底质料所造出来的了。社会上的用语限定原是有用的，因为我们都是社会的一员，所以我们当有一种保障，以免放肆俗恶之侵袭。但在文学上我们可以自由决定读自己愿读的书，或不读什么（所以言语的放纵并无妨害）；如一个人只带着客厅里的话题与言语，懦怯地走进文艺的世界里去，他是不能走远的。我曾见一册庄严的文学杂志轻蔑的说，一个女人所作的小说乃论及那些就是男子在俱乐部中也不会谈着的问题。我未曾读过那本小说，但我觉得因此那本小说似乎还可有点希望。文学当然还可以堕落到俱乐部的标准以下去，但是倘若你不能上升到俱乐部的标准以上，你还不如坐在俱乐部里，在那里讲故事，或者去扫外边的十字路去。

……在无论什么时期，伟大文学没有不是伴着英勇的，虽然或一时代，可以使文学上这样英勇的实现，较别时代更为便利。在现代英国，勇敢已经脱离艺术的路道，转入商业方面，很愚蠢的往世界极端去求实行。因为我们文学不是很英勇的，只是幽闭在客厅的浊空气里，所以英国诗人与小说家不复是世界的势力，除了本国的内室与孩房之外再也没人知道。因为在法国不断有人出现，敢于英勇的去直面人生，将人生锻接到艺术里去，所以法国的文学是世界的势力，在任何地方，只要有明智的人能够承认它的造就。如有不但精美而且又是伟大的文学在英国出现，那时我们将因了它的英勇而知道它，倘或不是凭了别的记号。　　　　(原文 148—152)

【锺校】

①“是”原作“足”。

②“正如”原作“如正”，据“晨报本”改。

③原无“定”字，今增。

④“肌体”原作“机体”，据下文改。

⑤“路”原作“卢”，据上文改。

⑥“不”原作“怕”。

《歌咏儿童的文学》

高岛平三郎编，竹久梦二画的《歌咏儿童的文学》，在一九一〇年出版，插在书架上已经有十年以上了，近日取出翻阅，觉得仍有新鲜的趣味。全书分作六编，从日本的短歌俳句川柳俗谣俚谚随笔中辑录关于儿童的文章，一方面正如编者的本意，足以考见古今人对于儿童的心情，一方面也是一卷极好的儿童诗选集。梦二的十六页着色插画，照例用那梦二式的柔软的笔致写儿童生活的小景，虽没有梦二画集的那种艳冶，却另外加上一种天真，也是书中的特彩之一。

编者在序里颇叹息日本儿童诗的缺乏，虽然六编中包含着不少的诗文，比中国已经很多了。如歌人大隈言道在《草径集》，俳人小林一茶在俳文集《俺的春天》[①]里多有很好的儿童诗，中国就很难寻到适例，我们平常记忆所及的诗句里不过“闲看儿童捉柳花”

或“稚子敲针作钓钩”之类罢了；陶渊明的《责子诗》要算是最好，因为最是真情流露，虽然戴着一个达观的面具。高岛氏说：

> 我想我国之缺乏西洋风的儿童文学，与支那之所以缺乏，其理由不同。在支那不重视儿童，又因诗歌的性质上只以风流为主，所以歌咏儿童的事便很稀少，但在我国则因为过于爱儿童，所以要把他从实感里抽象出来也就不容易了。支那文学于我国甚有影响，因了支那风的思想及诗歌的性质上，缺少歌咏儿童的事当然也是有的；但是这个影响在和歌与俳句上觉得并不很大。

我想这一节话颇有道理，中国缺乏儿童的诗，由于对于儿童及文学的观念的陈旧，非改变态度以后不会有这种文学发生，即使现在似乎也还不是这个时候。据何德兰在《孺子歌图》序上说北京歌谣中《小宝贝》和《小胖子》诸篇可以算是表现对于儿童之爱的佳作，但是意识的文艺作品就极少了。

日本歌咏儿童的文章不但在和歌俳句中很多，便是散文的随笔里也不少这一类的东西。其中最早的是清少纳言所著的《枕之草纸》，原书成于十世纪末，大约在中国宋太宗末年，共分一百六十馀段，列举胜地名物及可喜可憎之事，略似李义山《杂纂》，但叙述较详，又多记宫廷琐事，而且在机警之中仍留存着女性的优婉纤细的情趣，所以独具一种特色。第七十二段系记“可爱的事物”者，其中几行说及儿童之美，是歌咏儿童的文学的标本，今将原文全译于后。

瓜子脸的小孩。（案此句意义依注释本）

人们咮咮的叫唤起来，小雀儿便一跳一跳的走来；又（在他的嘴上）戏[2]涂上胭脂，老雀儿拿了虫来给他放在嘴里，看了很是可爱。

三岁左右的小孩急急忙忙的走来，路上有极小的尘埃，被他很明敏的看见，用了可爱的手指撮着，拿来给大人们看，也是极可爱的。

留着沙弥发的小孩，头发披在眼睛上边来了也并不拂开，只微微的侧着头去看东西，很是可爱。

交叉系着的裳带的上部，白而且美丽，看了也觉得可爱。又还不很大的殿上童，装束着在那里行走，也是可爱的。

可爱的小孩暂时抱来戏弄，却驯习了，随即睡着，这是极可爱的。

雏祭的器具。

从池中拿起极小的荷叶来看，又葵叶之极小者，也很可爱。——无论什么，凡是细小的都可爱。

肥壮的两岁左右的小孩，白而且美丽，穿着二蓝的罗衣，衣服很长，用带子束高了，爬着出来，极是可爱。

八九岁的男孩用了幼稚的声音念书，很可爱。

长脚，白色美丽的鸡雏，仿佛穿着短衣的样子，嗜嗜的很喧扰的叫着，跟在人家的后面，或是同着母亲走路，看了都很可爱。

鸭蛋。(依注释本)

舍利瓶。

瞿麦花。

关于清少纳言的事，《大日本史》里有一篇简略的列传，今抄在后边，原文系古汉文体，亦仍其旧。

清少纳言为肥后守清原元辅之女，有才学，与紫式部齐名。一条帝（987—1011）时，仕于皇后定子，甚受眷遇。皇后雪后顾左右曰，香炉峰之雪当如何？少纳言即起搴帘。时人叹其敏捷。皇后特嘉其才华，欲奏请为内侍，会藤原伊周（案即皇后之兄）等被流窜，不果。老而家居，屋宇甚陋。郎署年少见其贫窭而悯笑之，少纳自帘中呼曰，不闻有买骏马之骨者，笑者惭而去。著《枕之草纸》，行于世。

【锺校】

①“俳文集《俺的春天》”原作“句集及《俺的春天》”，据下文改。

②“戏”原作“截”，据“晨报本”改。

《俺的春天》

我在《歌咏儿童的文学》里，最初见到小林一茶的俳文集《俺的春天》，但是那里所选的文章只是关于儿童的几节，并非全本，后来在中村编的《一茶选集》里才看见没有缺字的全文。第一节的末尾说：

> 我们埋在俗尘里碌碌度日，却说些吉祥话庆祝新年，大似唱发财的乞人的口吻，觉得很是无聊。强风吹来就会飞去的陋室还不如仍他陋室的面目，不插门松，也不扫尘埃，一任着雪山路的曲折，今年的正月也只信托着你[1]去迎接新春罢。（后附俳句，下同。）
>
> “恭喜也只是中通罢了，俺的春天。”

本书的题名即从这里出来的，下署文政二年，当公历一八一九年顷，是年夏间所记最有名的两节文章，都是关于他的女儿聪女的，今摘译其一部分。

> 去年夏天种竹日左右，诞生到这多忧患的浮

世来的女儿，愚鲁而望其聪敏，因命名曰聪。今年周岁以来，玩着点窝螺，打哇哇，摇头的把戏，见了别的小孩，拿着风车，喧闹着也要，拿来给她的时候，便即放在嘴里吮过舍去，丝毫没有顾惜，随即去看别的东西，把近旁的饭碗打破，但又立刻厌倦，嗤嗤的撕纸障上的薄纸，大人称赞说乖呀乖呀，她就信以为真，哈哈的笑着更是竭力的去撕。心里没有一点尘翳，如满月之清光皎洁，见了正如看幼稚的俳优，很能令人心舒畅。人家走来，问汪汪那里，便指着狗；问呀呀那里，便指着乌鸦：这些模样，真是从口边到足尖，满是娇媚，非常可爱，可以说是比胡蝶之戏春草更觉得柔美了。……

但是不久这聪女患天然痘，忽然的死了，一茶在《俺的春天》里记着一节很悲哀的文章，其末尾云：

……她遂于六月二十一日与蕣花同谢此世。母亲抱着死儿的脸荷荷的大哭，这也是当然的了。到了此刻虽然明知逝水不归，落花不再返枝，但无论怎样达观，终于难以断念的，正是这恩爱的羁绊。

“露水的世，虽然是露水的世，虽然是这样。”

书中还有许多佳篇，可以见作者的性情及境遇者，今译录几节于后：

没有母亲的小孩，随处可以看出来：衔着指头，站在大门口！这样的被小孩们歌唱，我那时觉得非常胆怯，不大去和人们接近，只是躲在后园里叠着的柴草堆下，过那长的日子。虽然是自己的事情，也觉得很是可哀。

“同我来游嬉罢，没有母亲的雀儿！”——六岁时作。

×

为男子所嫌弃，住在母家的女人，想一见自己儿子的初次五月节[②]，但是在白昼因为看见的人太多，如诗中所说（作诗的女人姓名不详）：

“被休的门外，夜间眺望的鲤帜！”

父母思子的真情，听了煞是可哀。能柔和那狞猛的武士之心者，大约就是这样的真心罢。即使是怎样无情的男子，倘若偶尔听到，也或者再叫她回去罢。

×

紫之里附近，或捕得一窠同炭团一样黑的小鸟，关在笼里，这天晚间有母鸟整夜的在屋上啼叫，作此哀之：

“思子之情呵，暗夜里‘可爱可爱’地，声音叫哑了彻夜的啼着！”

这一首是仿和歌体的“狂歌”，大抵多含滑稽或双关的字句，这里“可爱可爱”兼关鸦的叫声；叫哑一字兼关乌鸦，现在用哑鸦同音，姑且敷衍过去，但是原来的妙趣总不免失掉了。

二十七日晴。老妻早起烧饭，便听得东邻的园右卫门在那里舂年糕，心想大约是照例要送来的，冷了不好吃，须等他勃勃地发热气的时候赏鉴才好，来了罢来了罢的等了好久，饭同冰一样的冷掉了，年糕终于不来。

“我家的门口，像煞是要来的样子，那分送的年糕。”

一茶的俳句在日本文学史是独一无二的作品，可以说是前无古人，大约也不妨说后无来者的。他的特色是在于他的所谓小孩子气。这在[3]他的行事和文章上一样明显的表示出来，一方面是天真烂漫的稚气，一方面却又是倔强皮赖，容易闹脾气的：因为这两者本是小孩的性情，不足为奇，而且他又是一个继子，这更使他的同情与反感愈加深厚了。关于他的事情，我有一篇文章登在年前的《小说月报》上，现在不复多说；本篇里译文第三四节系从那里取来的，但是根据完善的原本有两处新加订正了。

【原注】

①“你”系指释迦。

②古俗，端午前有男孩的家庭在院中立高竿，悬鲤鱼帜，以为庆祝，称五月节句，此风至此犹存。（编者案：据原注，此处之“五月节”或当作“五月节句”。从中国传入日本的节日叫做“节句”。）

【鄢校】

③“在”原作“是”。

儿童剧

我近来很感到儿童剧的必要。这个理由，不必去远迢迢地从专门学者的书里，引什么演剧本能的话来作说明，只要回想自己儿时的经验便可明白了。

美国《小女人》的著者阿耳考忒（Louisa Alcott）说：

> 在仓间里的演剧，是最喜欢的一种娱乐。我们大规模的排演童话。我们的巨人从楼上连走带跌的下来，在甲克（Jack）把缠在梯子上的南瓜藤当作那不朽的豆干砍断了的时候。灰妞儿（Cinderella）坐了一个大冬瓜驰驱而去；一支长的黑灌肠经那看不见的手拿来长在浪费了那三个愿望的婆子的鼻子上。
>
> 巡礼的修士，带了钞袋行杖和帽上的海扇壳，在山中行路；地仙在私语的白桦林里开他们的盛会；野亭里的采莓的女伴受诗人和哲学家的

赞美，他们以自己的机智与智慧为食，而少女们则供应更为实在的食物。

我们的回忆没有这样优美，但也是一样的重要，至少于自己是如此。我不记得有“童话的戏剧化”，十岁以前的事情差不多都忘却了，现在所记得的是十二岁往三味书屋读书时候的事情。那时所读的是“下中”和唐诗，当然不懂什么，但在路上及塾中得到多少见闻，使幼稚的心能够建筑起空想的世界来，慰藉那忧患寂寞的童年，是很可怀念的。从家里到塾中不过隔着十家门面，其中有一家的主人头大身矮，家中又养着一只不经见的山羊（后来才知这是养着厌禳火灾的），便觉得很有一种超自然的气味；同学里面有一个身子很长，虽然头也同常人一样的大，但是在全身比例上就似乎很小了；又有一个长辈，因为吸鸦片烟的缘故，耸着两肩，仿佛在大衫底下横着一根棒似的：这几个现实的人，在那时看了都有点异样，于是拿来戏剧化了，在有两株桂花的院子里扮演这日常的童话剧。“大头”不幸的被想像[1]做凶恶的巨人，带领着山羊，占据了岩穴，扰害别人。小头和耸肩的两个朋友便各仗了法术去征服他：“小头”从石窟缝里伸进头去窥探他的动静，“耸肩”等他出来，只用肩一夹，便把他装在肩窝里捉了来了。这些思想尽管荒唐，而且很有唐突那几位本人的地方，但在那时觉得非常愉快，用现代的话来讲，演着这剧的时候实在是得到充实生活的少数瞬间之一。我们也扮演喜剧，如“打败贺家武秀才”之类，但总太与现实接触，不能感到十分的喜悦，所以就经验上说，这大头剧要算第一有趣味了。后来在北京看旧戏，精神上受了一种打击，对于演剧几乎从此绝缘，回想过去却有全心地生活在戏剧内的一个时期，真是连自己都有点不能相信了。

以上因了自己的经验，便已足以证明儿童剧的必要，一方面教育专家也在那里主张，那更是有力的保证了。近日读美国斯庚那、西奇威克和诺依思诸人的“儿童剧”与日本坪内逍遥的《家庭用儿童剧》一二集，觉得很有趣味，甚希望中国也有一两种这样的书，足供家庭及学校之用。理想的儿童剧固在儿童的自编自演，但一二参考引导的书也不可少，而且借此可以给大人们一个具体的说明，使他们能够正当的理解，尤其重要。儿童剧于幼稚教育当然很有效用，不过这应当是广义的，决不可限于道德或教训的意义。我想这只须消极的加以斟酌，只要没有什么害就好，而且即此也就可以说有好处了。所以有许多在因袭的常识眼光以为不合的，都不妨事，如荒唐的，怪异的，虚幻的皆是。总之这里面的条件，第一要紧是一个童话的世界，虽以现实的事物为材而全体的情调应为非现实的，有如雾里看花，形色变易，才是佳[②]作：这是我从经验里抽出来的理论。作者只要复活他的童心（虽然是一件难的工作），照着心奥的镜里的影子，参酌学艺的规律，描写下来，儿童所需要的剧本便可成功，即使不能说是尽美，也就十得六七了。

我们没有迎合社会心理，去给群众做应制的诗文的义务，但是迎合儿童心理供给他们文艺作品的义务，我们却是有的，正如我们应该拒绝老辈的鸦片烟的供应而不得不供给小孩的乳汁。我很希望于儿歌童话以外，有美而健全的儿童剧本出现于中国，使他们得在院子里树阴下或唱或读，或演扮浪漫的故事，正当地享受他们应得的悦乐。

【锺校】

①“像”原作“化”。

②“佳”原作“合”。

玩具

一九一一年德国特勒思登地方开博览会，日本陈列的玩具一部分，凡古来流传者六十九，新出者九，共七十八件，在当时颇受赏识。后来由京都的芸草堂用着色木板印成图谱，名《日本玩具集》，虽然不及清水晴风的《稚子之友》的完美，但也尽足使人怡悦了。玩具本来是儿童本位的，是儿童在“自然”这学校里所用的教科书与用具，在教育家很有客观研究的价值，但在我们平常人也觉得很有趣味，这可以称作玩具之骨董的趣味。

大抵玩骨董的人，有两种特别注重之点，一是古旧，二是希奇。这不是正当的态度，因为他所重的是骨董本身以外的事情，正如注意于恋人的门第产业而忘却人物的本体一样。所以真是玩骨董的人是爱那骨董本身，那不值钱，没有用，极平凡的东西。收藏家与考订家以外还有一种赏鉴家的态度，超越功利问题，只凭了趣味的判断，寻求享乐，这才是我所说的骨董家，其所以与艺术家不同者，只在没有那样深厚的知识罢了。他爱艺术品，爱历史遗物，民间工艺，以及玩具之类，或自然物如木叶贝壳亦无不爱。这些人称作骨董家，或者还不如称之曰好事家（Dilettante）更为适切。这个名称虽然似乎不很尊重，但我觉得这种态度是很好的，在这博大的沙漠似的中国至少是必要的，因为仙人掌似的外粗厉而内腴润的生活是我们唯一的路，即使近于现在为世诟病的隐逸。

玩具是做给小孩玩的，然而大人也未始不可以玩；玩具是为小孩而做的，但因此也可以看出大人们的思想。我们知道很有许多爱玩具的大人。我常听祖父说唐家的姑丈在书桌上摆着几尊“烂泥菩萨”，还有一碟“夜糖”（一名圆眼糖，形似龙眼故名），叫儿子们念书十（?）遍可吃一颗，但小孩迫不及待，往往偷偷地拿起舐一下，重复放在碟子里。这唐家的老头子相貌奇古，大家替他起有一个可笑的诨名，但我听了这段故事，觉得他虽然可笑也是颇可爱的。法兰西（France）的极有趣味的文集里，有一篇批评比国勒蒙尼尔所著《玩具的喜剧》的文章，他说：

> 我今天发见他时常拿了儿童的玩具娱乐自己，这个趣味引起我对于他的新的同情。我是他

> 的赞成者，因为他的那玩具之诗的解释，又因为他有那神秘的意味。

后来又说，一个小孩在桌上排列他的铅兵，与学者在博物馆整理雕像，没有什么大差异。

> 两者的原理正是一样的。抓住了他的玩具的顽童，便是一个审美家了。

我们如能对于一件玩具，正如对着雕像或别的美术品一样，发起一种近于那顽童所有的心情，我们内面的生活便可以丰富许多，孝子传里的老莱子彩衣弄雏，要是并不为着娱亲，我相信是最可羡慕的生活了！

日本现代的玩具，据那集上所录，也并不贫弱。但天沼匏村在《玩具之话》第二章中很表示不满说：

> 实在，日本人对于玩具颇是冷淡。极言之，便是被说对于儿童漠不关心，也没有法子。第一是看不起玩具。即在批评事物的时候，常说，这是什么，像玩具似的东西！又常常说，本来又不是小孩，(为甚玩这样的东西)。

我回过来看中国，却又怎样呢？虽然老莱子弄雏，《帝城景物略》说及陀螺空钟，《宾退录》引路德延的《孩儿诗》五十韵，有“折竹装泥燕，添丝放纸鸢”等语，可以作玩具的史实的资料，但就实际说来，不能不说是更贫弱了。据个人的回忆，我在儿时不曾弄过什么好的玩具，至少也没有中意的东西，留下较深的印象。北京要算是比较的最能做玩具的地方，但真是固有而且略好的东西也极少见。我在庙会上见有泥及铅制的食器什物颇是精美，其馀只有空钟（与《景物略》中所说不同）等还可玩弄，想要凑足十件便很不容易了。中国缺少各种人形玩具，这是第一可惜的事。在国语里几乎没有这个名词，南方的“洋囡囡”同洋灯洋火一样的不适用。须勒格耳博士说东亚的人形玩具，始于荷兰的输入，这在中国大约是确实的，即此一事，尽足证明中国对于玩具的冷淡了。玩具虽不限于人形，但总以人形为大宗，这个损失决不是很微小的，在教育家固然应大加慨叹，便是我们好事家也觉得很是失望。

儿童的书

美国斯喀德（Scudder）在《学校里的儿童文学》一篇文里曾说："大多数的儿童经过了小学时期，完全不曾和文学接触。他们学会念书，但没有东西读。他们不曾知道应该读什么书。"凡被强迫念那书贾所编的教科书的儿童，大都免不掉这个不幸，但外国究竟要比中国较好，因为他们还有给儿童的书，中国则一点没有，即使儿童要读也找不到。

据我自己的经验讲来，我幼时念的是"圣贤之书"，却也完全不曾和文学接触，正和念过一套书店的教科书的人一样。后来因为别的机缘，发见在那些念过的东西以外还有可看的书，实在是偶然的幸运。因为念那圣贤之书，到十四岁时才看得懂"白话浅文"，虽然也看《纲鉴易知录》当日课的一部分，但最喜欢的却是《镜花缘》。此外也当然爱看绣像书，只是绣的太是呆板了，所以由《三国志演义》的绘图转到《尔雅图》和《诗中画》一类那里去了。中国向来以为儿童只应该念那经书的，以外并不给预备一点东西，让他们自己去挣扎，止那精神上的饥饿；机会好一点的，偶然从文字堆中——正如在秽土堆中检煤核的一样——掘出一点什么来，聊以充腹，实在是很可怜的。这儿童所需要的是什么呢？我从经验上代答一句，便是故事与画本。

二十馀年后的今日，教育文艺比那时发达得多了，但这个要求曾否满足，有多少适宜的儿童的书了么？我们先看画本罢。美术界的一方面因为情形不熟，姑且不说绘画的成绩如何，只就儿童用的画本的范围而言，我可以说不曾①见到一本略好的书。不必说克路轩克（Cruikshank）或比利平（Bilibin）等人的作品，就是如竹久梦二的那些插画也难得遇见。中国现在的画，失了古人的神韵，又并没有新的技工，我见许多杂志及教科书上的图都不合情理，如阶石倾斜，或者母亲送四个小孩去上学，却是一样的大小。这样日常生活的景物还画不好，更不必说纯凭想像的童话绘了，——然这童话绘却正是儿童画本的中心，我至今还很喜欢看鲁滨孙等人的奇妙的插画，觉得比历史绘更为有趣。但在中国却一册也找不到。幸而中国没有买画本给小儿做生日或过节的风气，否则真是使人十分为难了。儿童所喜欢的大抵是线画，中国那种的写意画法不很适宜，所以即使往古美术里去找也得不到什么东西。偶然有些织女钟馗等画略有趣味，也稍缺少变化；如焦秉贞的《耕织图》却颇适用，把他翻印出来，可以供少年男女的翻阅。

儿童的歌谣故事书，在量上是很多了，但在质上未免还是疑问。我以前曾说过：

> 大抵在儿童文学上有两种方向不同的错误：一是太教育的，即偏于教训；一是太艺术的，即偏于玄美：教育家的主张多属于前者，诗人多属于后者。其实两者都不对，因为他们不承认儿童的世界。

中国现在的倾向自然多属于前派，因为诗人还不曾着手于这件事业。向来中国教育重在所谓经济，后来又中了实用主义的毒，对儿童讲一句话，睐一睐眼，都非含有意义不可，到了现在这种势力依然存在，有许多人还把儿童故事当作法句譬喻看待。我们看那《伊索寓言》后面的格言，已经觉得多事，更何必去模仿他。其实艺术里未尝不可寓意，不过须得如做果汁冰酪一样，要把果子味混透在酪里，决不可只把一块果子皮放在上面就算了事。但是这种作品在儿童文学里，据我想来本来还不能算是最上乘，因为我觉得最有趣的是有那无意思之意思的作品。安徒生的《丑小鸭》，大家承认他是一篇佳作，但《小伊达的花》似乎更佳；这并不因为他讲花的跳舞会，灌输泛神的思想，实在只因他那非教训的无意思，空灵的幻想与快活的嬉笑，比那些老成的文字更与儿童的世界接近了。我说无意思之意思，因为这无意思原自有他的作用，儿童空想正旺盛的时候，能够得到他们的要求，让他们愉快的活动，这便是最大的实益，至于其馀观察记忆，言语练习等好处即使不说也罢。总之儿童的文学只是儿童本位的，此外更没有什么标准。中国还未曾发见了儿童，——其实连个人与女子也还未发见，所以真的为儿童的文学也自然没有，虽市场上摊着不少的卖给儿童的书本。

艺术是人人的需要，没有什么阶级性别等等差异。我们不能指定这是工人的，那是女子所专有的文艺，更不应说这是为某种人而作的；但我相信有一个例外，便是“为儿童的”。儿童同成人一样的需要文艺，而自己不能造作，不得不要求成人的供给。古代流传下来的神话传说，现代野蛮民族里以及乡民及小儿社会里通行的歌谣故事，都是很好的材料，但是这些材料还不能就成为“儿童的书”，须得加以编订才能适用。这是现在很切要的事业，也是值得努力的工作。凡是对儿童有爱与理解的人都可以着手去做，但在特别富于这种性质而且少有个人的野心之女子们，我觉得最为适宜；本于温柔的母性，加上学理的知识与艺术的修养，便能比男子更为胜任。我固然尊重人家的创作，但如见到一本为儿童的美的画本或故事书，我觉得不但尊重而且喜欢，至少也把他看得同创作一样的可贵。

【锺校】

①“曾”原作“会”。

《镜花缘》

我的祖父是光绪初年的翰林，在二十年前已经故去了，他不曾听到国语文学这些名称，但是他的教育法却很特别。他当然仍教子弟学做时文[①]，唯第一步的方法是教人自由读书，尤其是奖励读小说，以为最能使人“通”，等到通了之后，再弄别的东西便无所不可了。他所保举的小说，是《西游记》《镜花缘》《儒林外史》这几种，这也就是我最初所读的书。（以前也曾念过《四子全书》，不过那只是“念”罢了。）

我幼年时候所最喜欢的是《镜花缘》。林之洋的冒险，大家都是赏识的，但是我所爱的是多九公，因为他能识得一切的奇事和异物。对于神异故事之原始的要求，长在我们的血脉里，所以《山海经》《十洲记》《博物志》之类千馀年前的著作，在现代人的心里仍有一种新鲜的引力：九头的鸟，一足的牛，实在是荒唐无稽的话，但又是怎样的愉快呵。《镜花缘》中飘海的一部分，就是这些分子的近代化，我想凡是能够理解荷马史诗《阿迭绥亚》的趣味的，当能赏识这荒唐的故事。

有人要说，这些荒唐的话即是诳话。我当然承认。但我要说明，以欺诈的目的而为不实之陈述者才算是可责，单纯的——为说诳而说的诳话，至少在艺术上面，没有是非之可言。向来大家都说小孩喜说诳话，是作贼的始基，现代的研究才知道并不如此。小孩的诳话大都是空想的表现，可以说是艺术的创造；他说我今天看见一条有角的红蛇，决不是想因此行诈得到什么利益，实在只是创作力的活动，用了平常的材料，组成特异的事物，以自娱乐。叙述自己想像的产物，与叙述现世的实生活是同一的真实，因为经验并不限于官能的一方面。我们要小孩诚实，但这当推广到使他并诚实于自己的空想。诳话的坏处在于欺蒙他人，单纯的诳话则只是欺蒙自己，他人也可以被其欺蒙——不过被欺蒙到梦幻的美里去，这当然不能算是什么坏处了。

王尔德有一篇对话，名 *The Decay of Lying*（《说诳的衰颓》），很叹息于艺术的堕落。《狱中记》译者的序论里把 Lying 译作“架空”，仿佛是忌避说诳这一个字（日本也是如此），其实有什么要紧。王尔德哪里会有忌讳呢？他说文艺上所重要者是“讲美的而实际上又没有的事”，这就是说诳。但是他虽然这样说，实行上却还不及他的同乡丹绥尼；“这世界在歌者看来，是为了梦想者而造的”，正是极妙的赞语。科伦（P. Colum）在丹绥尼的《梦想者的故事》的序上说：

> 他正如这样的一个人，走到猎人的寓居里，说道，你们看这月亮很奇怪，我将告诉你，月亮是怎样做的，又为什么而做的。既然告诉他们月亮的事情之后，他又接续着讲在树林那边的奇异的都市，和在独角兽的角里的珍宝。倘若别人责他专讲梦想与空想给人听，他将回答说，我是在养活他们的惊异的精神，惊异在人是神圣的。
>
> 我们在他的著作里几乎不能发见一点社会的思想。但是，却有一个在那里，这便是一种对于减缩人们想像力的一切事物，——对于凡俗的都市，对于商业的实利，对于从物质的组织所发生的文化之严厉的敌视。

梦想是永远不死的。在恋爱中的青年与在黄昏下的老人都有他的梦想，虽然她们的颜色不同。人之子有时或者要反叛她，但终究还回到她的怀中来。我们读王尔德的童话，赏识他种种好处，但是《幸福的王子》和《渔夫与其魂》里的叙述异景总要算是最美之一了。我对于《镜花缘》，因此很爱他那飘洋的记述。我也爱《呆子伊凡》或《麦加尔的梦》，然而我或者更幼稚地爱希腊神话。

记得《聊斋志异》卷头有一句诗道，“姑妄言之姑听之”，这是极妙的话。《西游记》《封神传》以及别的荒唐的话（无聊的模拟除外），在这一点上自有特别的趣味，不过这也是对于所谓受戒者（The Initiated）而言，不是一般的说法，更非所论于那些心思已入了牛角弯②的人们。他们非用纪限仪显微镜③来测看艺术，便对着画钟馗供香华灯烛；在他们看来，则《镜花缘》若不是可恶的妄语必是一部信史了。

【锺校】

①“时文”《泽泻集》作“诗文”。

②“弯”原作“湾”。

③“镜”原作“铙”。

《旧梦》

大白先生的《旧梦》将出版了，轮到我来做一篇小序。我恐怕不能做一篇合式的序文，现在只以同里的资格来讲几句要说的话。

大白先生我不曾会见过，虽然有三四年同住在一个小城里。但是我知道他的家世，知道他的姓名——今昔的姓名，知道他的学业。这些事我固然知之不深，与这诗集又没有什么大关系，所以不必絮说，但其中有应当略略注意者，便是他的旧诗文的功夫。民国初年，他在《禹域新闻》发表许多著作，本地的人大抵都还记得；当时我的投稿里一篇很得意的古文《希腊女诗人》（讲 Sappho 的文章），也就登在这个报上。过了几年，大白先生改做新诗，这部《旧梦》便是结果，虽然他自己说诗里仍多传统的气味，我却觉得并不这样。据我看来，至少在《旧梦》这一部分内，他竭力的摆脱旧诗词的情趣，倘若容我的异说，还似乎摆脱的太多，使诗味未免清淡一点，——虽然这或者由于哲理入诗的缘故。现在的新诗人往往喜学做旧体，表示多能，可谓好奇之过。大白先生富有旧诗词的蕴蓄，却不尽量的利用，也是可惜。我不很喜欢乐府调词曲调的新诗，但是那些圆熟的字句在新诗正是必要，只须适当的运用就好，因为诗并不专重意义，而白话也终是汉语。

我于别的事情都不喜讲地方主义，唯独在艺术上常感到这种区别。大白先生是会稽的平水人，这一件事于我很有一种兴味。当初《禹域新闻》附刊《章实斋文集》《李越缦日记钞》之类，随后订为《禹域丛书》，我是爱读者之一，而且自己也竭力收罗清朝越中文人的著作，这种癖性直到现在还存留着。现在固未必执守乡曲之见去做批评，但觉得风土的力在文艺上是极重大的，所以终于时常想到。幼时到过平水，详细的情形已经记不起了，只是那大溪的印象还隐约的留在脑里。我想起兰亭、鉴湖、射的、平水、木栅那些地方的景色，仿佛觉得朦胧地聚合起来，变成一幅“混合照相”似的，各个人都从那里可以看出一点形似。我们不必一定在材料上①有明显的乡土的色彩，只要不钻入哪一派的篱笆里去，任其自然长发，便会到恰好的地步，成为有个性的著作。不过我们这时代的人，因为对于褊隘的国家主义的反动，大抵养成一种“世界民”（Kosmopolites）的态度，容易减少乡土的气味，这虽然是不得已却也是觉得可惜的。我仍然不愿取消世界民的态度，但觉得因此更须感到地方民的资格，因为这二者本是相关的，正如我们因是个人，所以是“人类一分子”（Homarano）一般。我轻蔑那些传统的爱国的假文学，然而对于乡土艺术很是爱重：我相信强烈的地方趣味也正是“世界的”文学的一个重大成分。具有多方面的趣味，而不相冲突，合成和谐的全体，这是“世界的”文学的价值，否则是“拔起了的树木”，不但不能排到大林中去，不久还将枯槁了。我常怀着这种私见去看诗文，知道的因风土以考察著作，不知道的就著作以推想风土；虽然倘若固就成见，过事穿凿，当然也有弊病，但我觉得有相当的意义。大白先生的乡土是我所知道的，这是使我对于他的诗集特别感到兴趣的一种原因。

我不能说大白先生的诗里有多大的乡土趣味，这是我要请他原谅的。我希望他能在《旧梦》里更多的写出他真的今昔的梦影，更明白的写出平水的山光，白马湖的水色，以及大路的市声。这固然只是我个人的要求，不能算作什么的，——而且我们谁又能够做到这个地步呢。我们生在这个好而又坏的时代，得以自由的创作，却又因为传统的压力太重，以致有非连着小孩一起便不能把盆水倒掉的情形，所以我们向来的诗只在表示反抗而非建立，因反抗国家主义遂并减少乡土色彩，因反抗古文遂并少用文言的字句：这都如昨日的梦一般，还明明白白的留在我的脑里，——留在自己的文字上。

以上所说并不是对于大白先生的诗的批评，只是我看了《旧梦》这一部分而引起的感想罢了。读者如想看批评，我想最好去看那卷首的一篇“自记”，——虽然不免有好些自谦的话：因为我想，著者自己的话总要比别人的更为可信。

一九二三年四月八日。

【锺校】

①“上”原作“下”。

《世界语读本》

《世界语读本》是冯省三君所编的。他起手编著的时候，我答应给他做一篇序，现在这部书将由商务印书馆刊行了，于是我不得不赶紧来做。但是我是不会做切题的文字的，想不出什么话来，只能就我所知道的事情，关于编者这个人略讲几句，因为他颇为人们所误会，——虽然世界语也未尝不为中国人所误会，本来也还需要说明。

我初次看见省三是在去年四月，当时在北京的世界语朋友在北大第二院开会，商议组织世界语学会的事。省三是爱罗先珂君在中国所教成的三个学生之一，很热心于世界语运动，发言最多，非常率直而且粗鲁，在初听的人或者没有很好的印象。但是后来因为学会事务以及来访爱罗君的机会，我常会见着他，觉得渐渐的有点理解，知道他是一个大孩子，他因此常要得罪人，但我以为可爱的地方也就在这里。这是我个人的观察，或者也还不十分谬误。

省三虽然现在自称京兆人，但实在是山东人，据他说家里是务农的，父亲却读过经书，是个道学家，而且又在五岁时替他订了婚，所以他跑了出来，在北京苦学。他陆续做过各种访员，其间还在饭店里管过账，——后来人家便拿来做破坏他恋爱的资料。他在北大预科法文班，去年应当毕业，但是因为付不出学费，所以试验册上没有他的分数。十月新学年开始后，他照常去听讲，有一天来同我商量想请愿补试，我也答应他去代访教务长。到了第二天遇着“讲义风潮”，不曾访得；随后再往学校，省三却已为了这事件而除名了。这在我听了也是意外的事，因为虽然知道他容易闯祸，却不相信会去做这些事的主谋。当日第三时他还在第三层楼听张凤举先生讲英文戏曲，下课后去探询楼下的喧扰，也就加入在内，后来真主谋者都溜走了，只剩了他在那里代表这群乌合之众，其结果便做了群众的罪羊。在学校方面大约也只能这样的办，但那些主谋的人躲的无影无踪，睁着眼看别人去做牺牲，实在很可慨叹的。到了今日这件事已成陈迹，他们也都将毕业荣进了，本来不必旧事重提，但是我总觉得不能忘记，因为虽然未必因此增加省三的价值，却总足以估定人们的没价值了。省三曾问我对于他的批评如何，我答说他的人太好，——这也是一个很大的缺点，——太相信性善之说，对于人们缺少防备。虽然这不是 Esperantisto（世界语学者）所应主张的，但仍不失为很是确实的话罢。

省三虽专学法文，但我猜想他法文的程度未必有世界语那样高。他的热心于世界语实在是很可佩服的，去年世界语学会开办两级暑假讲习班，他都非常出力，今年又在几个学校教授，所以他编这本书颇是适宜，因为有过好些经验；其次，他很有点趣味性，这也是一种特色。他的言行很是率直，或者近于粗鲁，但有地方又很细腻熨帖，这是在他的稿件上可以看出来的：他所写的字比印刷还要整齐，头字星点符号等也多加上藻饰，就是写信也是如此。这些稚气在他似乎不很相称，仔细想来却很有道理，因为这样的趣味也正是小孩子所应有的，不过大多数的人都汩[①]没了罢了。省三独能保存他住，应用在编书上面，使读本的内容丰富而有趣味，学了不但知道世界语，还可养成读书的兴趣，这实在是一件不可看轻的好处。

最后还想略一提及“世界语主义”（Esperantismo）。现在大家知道有世界语，却很少有人知道世界语里含有一种主义；世界语不单是一种人为的言语，供各国人办外交做买卖之用，乃是世界主义（能实现与否是别一问题）的出产物，离[2]开了这主义，世界语便是一个无生命的木偶了。中国提倡世界语，却少有人了解他的精神。这读本特别注意于此，把创始者的意思揭在卷头，本文中又处处留意，务求不背他的原旨，可以说是一部真的世界语的书。这册书里或者也还有许多缺点，但我总望他的一种风趣能够把他掩护过去，正如他能掩护人的缺点一样。

一九二三年五月二十五日。

【锺校】

①“汩”原作“汨”。

②“离”原作“虽”。

《结婚的爱》

《结婚的爱》（*Married Love*）是我近来所见最好的书籍之一。著者斯妥布思女士（Marie Stopes）是理学及哲学博士，又是皇家文学会及植物学[1]会员，所著书在植物学方面最多，文学方面有剧本数种，最后是关于两性问题的书：《结婚的爱》讲夫妇间的纠葛，《聪明的父母》讲生产限制，《光辉的母性》讲育儿。《结婚的爱》出版于一九一八年，我所见到的去年六月新版，已是第一百八十一千里的一本了。

“性的教育”的重要，现在更无须重说了。但是只明白了性的现象，而不憭解性的法则，其结果也只足以免避性的错误，至于结婚后的种种纠葛仍无可免。半开化的社会的两性关系是男子本位的，所以在这样社会里，正如晏殊君曾在《妇女杂志》（三月号）上所说，女子“被看做没有性欲的”，这个错误当然不言而喻了。文明社会既然是男女平等的，又有了性的知识，理论应该是对了，但是却又将女性的性欲看做同男性一样的。——这能说是合于事理么？据《结婚的爱》的著者说，这不但不合，而且反是许多不幸的根源。性的牵引本来多在于二者之差异，但这当初牵引的差异后来却即为失调的原因。异性的要求不全一致，恋爱的配合往往也为此而生破裂，其馀的更不必说了。《结婚的爱》便是想去解决这个纠葛的一篇论文，他的意见，简单的说来是主张两性关系应是女子本位的。

本书的重要的话，都在第四五两章里。现在有许多学者都已知道两性的性欲的差异，男子是平衡的，女性是间歇的。第四章名《根本的冲动》，便是专研究这个问题的，根据精密的调查，发见了一种定期律，却与以前学者们所说的全然不同。第五章名《相互的调节》，是最切要的一章，写的非常大胆严肃。篇首引圣保罗《与罗马人书》的一句，“爱是不加害与人的”，可以说是最深切的标语。有些人知道两性要求的差异，以为不能两全，只好牺牲了一方面，“而为社会计，还不如把女子牺牲了”，大多数的男子大约赞成这话。但若如此，这决不是爱了，因为在爱里只有完成，决没有牺牲的。要实现这个结婚的爱，便只有这相互的调节一法，即改正两性关系，以女性为本位。这虽然在男子是一种束缚，但并非牺牲，或者倒是祝福。我们不喜那宗教的禁欲主义，至于合理的禁欲原是可能，不但因此可以养活纯爱，而且又能孕育梦想，成文艺的种子。我想，欲是本能，爱不是本能，却是艺术，即本于本能而加以调节者。向来的男子多是本能的人；向来的爱只有“骑士的爱”才是爱，一落在家庭里，便多被欲所害了。凯沙诺伐是十八世纪欧洲的一个有名的荡子，但蔼理斯称他“以所爱妇女的悦乐为悦乐而不耽于她们的供奉”，所以他是知爱的人。这“爱之术”（Ars-amatoria）以前几乎只存在草野间了，《结婚的爱》可以说是家庭的爱之术的提倡传授者。

《结婚的爱》是一本“给结婚的男女看的书”，所以我不多抄录他的本文了。《不列颠医学杂志》批评他说：“在已结婚或将要结婚的人，只要他们在精神身体上都是正则的，而且不怕去面事实，这是一部极有益的书。”因此我也将他介绍给有上面所说的资格的人们。不过我还有一句废话，便是要请他们在翻开书面之前，先自检查自己的心眼干净与否。圣保罗说：“凡物本来没有不洁净的，唯独人以为不洁净的，在他就不洁净了。”蔼理斯在《圣芳济及其他论》中说：“我们现在直视一切，觉得没有一件事实太卑贱或太神圣不适于研究的。但是直视某种事实却是有害的，倘若你不能洁净地看。”以上也就是我的忠告。（我很怕那些大言破坏一切而自己不知负责，加害与人的，所谓自由恋爱家的男子。）

《结婚的爱》布面的价三元馀，纸面的二元，以英国版为佳，因为我的一本《光辉的母性》系美国版，其中有删节的地方，所以推想美国版的《结婚的爱》一定要删节的更多了。（听说因为他们有一种什么猥亵条例。）英国诗人凯本德（Edward Carpenter）的《爱的成年》（*Love's Coming of Age*）前回曾连带的说起过，也是有益的书。原本英国出版，美国《现代丛书》（*Modern Library*）里也收着，价一元馀。曾经郭须静君译出，收在《晨报社丛书》内。但是已经绝版了；听说不久拟校订重印，希望他早日成功，并且能够更多有力的传达那优美纯洁的思想到青年男女中间去。

【鄢校】

①“学”字原无，今增。

《爱的创作》

《爱的创作》是与谢野晶子《感想集》的第十一册。与谢野夫人（她本姓凤）曾作过好些小说和新诗，但最有名的还是她的短歌，在现代歌坛上仍占据着第一流的位置。十一卷的《感想集》，是十年来所做的文化批评的工作的成绩，总计不下七八百篇，论及人生各方面，范围也很广大，但是都有精采，充满着她自己所主张的“博大的爱与公明的理性”，此外还有一种思想及文章上的温雅（Okuyukashisa），这三者合起来差不多可以表出她的感想文的特色。我们看日本今人的“杂感”类文章，觉得内田鲁庵的议论最为中正，与她相仿，唯其文章虽然更为轻妙，温雅的度却似乎要减少一点了。

《爱的创作》凡七十一篇，都是近两年内的著作。其中用作书名的一篇关于恋爱问题的论文，我觉得很有趣味，因为在这微妙的问题上她也能显出独立而高尚的判断来。普通的青年都希望一劳永逸的不变的爱，著者却以为爱原是移动的，爱人各须不断的创作，时时刻刻共相推移，这才是养爱的正道。她说：

人的心在移动是常态，不移动是病理。幼小而不移动是为痴呆，成长而不移动则为老衰的征候。

在花的趣味上，在饮食的嗜好上，在衣服的选择上，从少年少女的时代起，一生不知要变化多少回。正是因为如此，人的生活所以精神的和物质的都有进步。……世人的俗见常以为夫妇亲子的情爱是不变动的。但是在花与衣服上会变化的心，怎么会对于与自己更直接有关系的生活倒反不敏感地移动呢？

就我自己的经验上说，这二十年间我们夫妇的爱情不知经过多大的变化来了。我们的爱，决不是以最初的爱一贯继续下去，始终没有变动的，固定的静的夫妇关系。我们不断的努力，将新的生命吹进两人的爱情里去，破坏了重又建起，锻使坚固，使他加深，使他醇化。……我们每日努力重新播种，每日建筑起以前所无的新的爱之生活。

我们不愿把昨日的爱就此静止了，再把他涂

饰起来，称作永久不变的爱：我们并不依赖这样的爱。我们常在祈望两人的爱长是进化移动而无止息。

倘若不然，那恋爱只是心的化石，不能不感到困倦与苦痛了罢。

我们曾把这意见告诉生田长江君，他很表同意，答说："理想的夫妇是每日在互换爱的新证书的。"我却想这样的说，更适切的表出我们的实感，便是说夫妇是每日在为爱的创作的。

凯本德在《爱与死之戏剧》上引用爱伦凯的话说：

贞义决不能约束的，只可以每日重新地去赢得。

又说：

在古代所谓恋爱法庭上，武士气质的人明白了解的这条真理，到了现今还必须力说，实在是可悲的事。恋爱法庭所说明的，恋爱与结婚不能相容的理由之一，便是说妻决不能从丈夫那边得到情人所有的那种殷勤，因为在情人当作恩惠而承受者，丈夫便直取去视若自己的权利。

理想的结婚便是在夫妇间实行情人们每日赢得交互的恩惠之办法。凯本德归结的说：

> 要使恋爱年年保存这周围的浪漫的圆光，以及这侍奉的深情，便是每日自由给与的恩惠，这实在是一个大艺术。这是大而且难的，但是的确值得去做的艺术。

这个爱之术到了现代已成为切要的研究，许多学者都着手于此，所谓爱的创作就是从艺术见地的一个名称罢了。

中国关于这方面的文章，我只见到张竞生君的一篇《爱情的定则》。无论他的文句有怎样不妥的地方，但我相信他所说的“凡要讲真正完全爱情的人，不可不对于所欢的时时刻刻改善提高彼此相爱的条件，一可得了爱情上时时进化的快感，一可杜绝敌手的竞争”这一节话，总是十分确实的。但是道学家见了都着了忙，以为爱应该是永久不变的，所以这是有害于世道人心的邪说。道学家本来多是“神经变质的”(Neurotic)，他的特征是自己觉得下劣脆弱；他们反对两性的解放，便因为自知如没有传统的迫压他必要放纵不能自制，如恋爱上有了自由竞争他必没有侥幸的希望。他们所希冀的是异性一时不慎上了他的钩，于是便可凭了永久不变的恋爱的神圣之名把她占有专利，更不怕再会逃脱。这好像是“出店不认货”的店铺，专卖次货，生怕买主后来看出破绽要来退还，所以立下这样规则，强迫不慎的买主收纳有破绽的次货。真正用爱者当如园丁，想培养出好花，先须用上相当的精力，这些道学家却只是性的渔人罢了。大抵神经变质者最怕听于自己不利的学说，如生存竞争之说很为中国人所反对，这便因为自己没有生存力的缘故，并不是中国人真是酷爱和平；现在反对爱之移动说也正是同样的理由。但是事实是最大的威吓者，他们粉红色的梦能够继续到几时呢。

爱是给与，不是酬报。中国的结婚却还是贸易，这其间真差得太远了。

［附记］近来阅蔼理斯的《性的心理研究》第五卷《色情的象征》，第六章中引法国泰耳特（G. Tarde）的论文《病的恋爱》，有这几句话：

> 我们在和一个女人恋爱以前，要费许多时光；我们必须等候，看出那些节目，使我们注意，喜悦，而且使我们因此掩过别的不快之点。不过在正则的恋爱上，那些节目很多而且常变。恋爱的贞义无非是一种环绕着情人的航行，一种探险的航行而永远得着新的发见。最诚实的爱人，不会两天接续的同样的爱着一个女人。

他的话虽似新奇，却与《爱的创作》之说可以互相参证。编订时追记。

《梦》[①]

须莱纳尔女士（Olive Schreiner）于一八五九年生在南非，父亲是德国教士，母亲是英国人。一八八二年她到伦敦去，接续的把《非洲田家的故事》（*Story of an African Farm*）和《梦》（*Dreams*）两部著作付刊，在读书界上得到不少的声名。一八九四年她和克朗拉德（S. G. Cronwight）结婚，以后就住在南非。她的丈夫和长兄都是政治家，她也参与政治问题，尽力消弭英非两者之间的恶感。一八九九年她在一篇论文里说："我们千百的男女都爱英国的，原都愿意把生命献给他；但是如去打倒一个为自由而战的南非人民，我们宁可把右手放到火里去，直至他只剩了一支焦黑的骨。"但这一年里，战争终于发生了，她在回家去的路上为英军所捕，监禁在一个小村里，这时候她家所在的约翰堡被英军攻落，家财抢劫一空，她费了十二年工夫写成的一部女性问题研究的稿本也被英兵烧毁了。她在幽囚中，把书中《寄生论》这部分，就所记忆的陆续写下，共成六章，这就是一九一一年所发刊，世间尊为妇女问题之圣书的《妇女与劳动》（*Woman and Labour*）的原稿。此书出后，她的声名遂遍于全世界，与美国纪尔曼（Gilman）夫人齐名，成为最进步的妇女经济论者之一人了。

《梦》是一八八三年所刊行的小说集，共十一篇，都是比喻（Allegoria）体，仿佛《天路历程》一流，文体很是简朴，是仿新旧约书的：这些地方在现代读者看来，或者要嫌他陈旧也未可知。但是形式即使似乎陈旧，其思想却是现在还是再新不过的。我们对于文学的要求，在能解释人生，一切流别统是枝叶：所以写人生的全体，如莫泊商（Maupassant）的《一生》之写实，或如安特来夫（Andreiev）的《人的一生》之神秘，均无不可；又或如蔼覃（F. van Eeden）的《小约翰》及穆德林克（Maeterlinck）的《青鸟》之象征譬喻，也是可以的。还有一层，文章的风格与著者的心情有密切的关系，出于自然的要求，容不得一点勉强。须莱纳尔在《妇女与劳动》的序上说：

> 在原本平常的议论之外（按这是说那烧失的一部原稿），每章里我都加入一篇以上的比喻；因为用了议论体的散文去明了地说出抽象思想，

虽然很是容易，但是要表现因这些思想而引起的情绪，我却②非用了别的形式不能恰好的表出了。

小说集里的一篇《沙漠间的三个梦》据说即是从那原稿中抽出的，是那部大著的唯一的幸存的鳞片。我们把《妇女与劳动》里的文章与《梦》比较的读起来，也可以看出许多类似。头两章描写历代妇女生活的变迁，饶有小说趣味。全书结末处说：

我们常在梦中听见那关闭最后一个娼楼的锁声，购买女人身体灵魂的最后一个金钱的丁当声，人为地圈禁女人的活动，使她与男子分开的最后一堵墙壁的坍倒声；我们常想像两性的爱最初是一条鲁钝缓慢爬行的虫，其次是一个昏沉泥土似的蛹，末后是一匹翅膀完具的飞虫，在未来之阳光中辉耀。

我们今日溯着人生的急流努力扳桨的时候，远望河上，在不辨边际的地方，通过了从河岸起来的烟雾中间，见有一缕明亮的黄金色之光，那岂只是我们盼望久的眼睛昏花所致，使我们见这样的景象么？这岂只是眼的错觉，使我们更轻松的握住我们的桨，更低曲的弯我们的背，虽然我们熟知在船到那里之前，当早已有别人的手来替握这桨，代把这舵了。这岂只是一个梦么？

古代迦勒底的先知曾经见过远在过去的伊甸乐园的幻景。所梦见的是，直到女人吃了智慧之果并且也给男子吃了为止，女人与男人曾经共同生活在欢喜与友爱之中；后来两人被驱逐出来，在世上漂泊，在悲苦之中辛劳，因为他们吃了果子了。

我们也有我们之乐园的梦，但是这却是远在将来。我们梦见女人将与男人同吃智慧之果，相并而行，互握着手，经过许多辛苦与劳作的岁月以后，他们将在自己的周围建起一座[3]比那迦勒底人所梦见的更为华贵的伊甸，用了他们自己的劳力所建造，用了他们自己的友爱所美化的伊甸。

在他的默示里，有一个人曾经见了新的天与新的地。我们正看见一个新的地，但在其中是充满着同伴之爱与同工之爱。

这一节话很足以供读《梦》的人的参证。著者写这两种书，似乎其间没有截然不同的态度，抒情之中常含义理，说理的时候又常见感情迸跃发而为诗。她在《妇女与劳动》序里声明艺术的缺乏，以为“这些没有什么关系”，但她的著作实在没有一篇不具艺术。正如惠林顿女士（Amy Wellington）所说：

> 通观她著作全体，包含政治或论辩的文章在内，在她感动了的时候，她便画出思想来；同她的《艺术家的秘密》里的艺术家一样，她从人生的跳着的心里取到她脑中图画的灼热的色彩。

她这文艺的价值或者还未为职业的批评家所公认，唯据法国洛理蔼（F. Loliee）在《比较文学史》说：

> 诃耳士（W. D. Howells）与詹谟思（Henry James）都是十九世纪末二十世纪初最好的英文小说的作者；我们又加上南非洲有才能的小说家，专为被虐的人民奋斗的选手须莱纳尔，新时代的光荣的题名录就完全了。

我们从这里，可以大约知道这女著作家应得的荣誉了。

一九二三年七月十五日。

【锺校】

①CF（张近芬，？—1939）女士译须莱纳尔小说集《梦》之序。

②“却”原作“觉”。

③“座”原作“坐”。

《茶话》小引

茶话一语，照字义说来，是喝茶时的谈话。但事实上我绝少这样谈话的时候，而且也不知茶味，——我只吃冷茶，如鱼之吸水。标题《茶话》，不过表示所说的都是清淡的，如茶馀的谈天，而不是酒后的昏沉的什么话而已。

十四年九月十六日。

抱犊固的传说

桂未谷著《札朴》卷九《乡里旧闻》中有“豹子崮”这一条，即是讲孙美瑶的那个山寨的。文曰：

> 兰山县有高山，俗呼豹子崮，即抱犊也。《通鉴》：“淮北民桓磊破魏师于抱犊固。”注引魏收《志》：“兰陵郡承县有抱犊山。”馥案，相传有人抱犊登其颠，结庵独居，犊大，耕以给食。有田有泉，无求人世，亦小桃源也。

他所引的是所谓民间的语源解说（Folk Etymology），于史地的学术研究上没有什么价值，但如拿来作传说看，却很有趣味，而且于民俗学是有价值的。吾乡的射的山是明显的例，今就记忆所及把未见纪录的地名传说抄下一两则来，希望引起大家搜集这种材料的兴趣。

绍兴城里有一条衖，我未曾到过，所以不知道是在哪一方，只知道名字叫做躲婆衖。据说当时王羲之替卖六角扇的老婆子在扇上写了字，老婆子很不高兴，说为什么把扇子弄脏了，不好再卖钱，王羲之便叫她尽管放心去卖，只要说是王某人写的，可以卖百钱一把。老婆子依他的话去卖，大家争买，不一刻就都卖完了。老婆子获了大利，真是出于意外，第二天拿了许多扇子，又去找王羲之写字，这一回他可窘了，只好躲过不见。不知他只躲了一回呢，还是每逢老婆子来找他便躲到衖里去，总之这条衖便成了名，以后称作“躲婆衖”了。

东郭门外三四十里的地方，有很大的河，名曰贺家池，特别读作Wuukcdzz。这个地名附会起来大约只能说与贺知章有关，但在民间却另有解说，并不看重这个贺字。据近地住民传说，这本是一个村庄，同别的村庄一样。有一天，农人们打稻，把稻蓬上的稻束发完之后，看见地上有突出的东西，像是一棵粗的毛笋，——但是近地没有竹林，决不会是笋。那愚蠢的农人们想知道到底是什么东西，动手发掘，可是这可了不得，一刹那间全个村庄都不见了，只见一派汪洋，成了今日的贺家池。原来这笋乃是龙角，乡下人在龙头上动起土来[①]，自然老龙要大发其怒了。听[②]说至今在天朗气清的时候，水底还隐约看见屋脊。但是我于花辰月夕经过此地不下[③]十次，凭舷默坐，既不见水底的瓦楞，也不闻船下的人语，只有一竹篙打不到底的[④]一片碧水平摊眼前而已。

这些故事，我们如说它无稽，一脚踢开，那也算了；如若虚心一点仔细检察，便见这些并不是那样没意思的东西，我们将看见《世说新语》和《齐谐记》的根芽差不多都[⑤]在这里边，所不同者，只是《世说新语》等千年以来写在纸上，这些还是在口耳相传罢[⑥]了。我们并不想做《续世说》，但是记录一卷民间的世说，那也不是没有趣味与实益的[⑦]事罢。

十四年二月十六日夜中。

【锺校】

①“动起土来”原作“动土起来”。

②原无“听”字，今增。

③原无“下”字，今增。

④原无“的”字，今增。

⑤原无“都”字，今增。

⑥原无“罢”字，今增。

⑦原无“的”字，今增。

永乐的圣旨

《立斋闲录》，据“四库子部存目”所记凡四卷，明宋端仪著。我所见的是明抄《国朝典故》残本，只有上两卷了。第二卷系记“靖难”时事，有黄子澄等四十八个“奸臣”的事迹，其中有几节白话谕旨颇有意思，今抄录于下。（原本脱误费解处均仍其旧。）

> 永乐十一年正月十一日教坊司等官于右顺门口奏：“有奸恶齐泰姊并两个外甥媳妇，又有黄子澄妹，四个妇人，每一日一夜，二十条汉子看守着，年少的都怀身孕，除生子令做小龟子，又有三岁小女儿。”奉钦依：“由他不的长到大便是个淫贱材儿。”又奏：“当初黄子澄妻生个小厮，如今十岁也，又有使家有铁信家小妮子。”奉钦依：“都由他，钦此！”
>
> 正月二十四日校尉刘通等赍帖一将科引犯人

张鸟子等男妇六名，为奸恶事；又引犯人杨大寿等男妇五百五十一名，为奸恶事。钦依："是，连这几日解到的都是练家的亲，前日那一时起还有不军气的在城外不肯进来，嗔怪摧他，又打那长解锦衣卫把厮每都拿去，同刑科亲审。亲近的拣出来便凌迟了，远亲的发去四散充军；若拿远亲不肯把近亲的说出来，也都凌迟了。"

谢昇妻韩氏年三十九，本年九月二十日送淇国公丘福处转营奸宿。

教坊司右韶舞安政等官于奉天门奏："有毛大芳妻张氏年五十六，病故。"奉圣旨："着锦衣卫吩付上元县抬出门去着狗吃了，钦此！"

永乐某年某月二十三日礼科引犯人程亨等男妇五名，为奸恶事，合送该衙门。奉钦依："是，这张昺的亲是铁，锦衣卫拿去着火烧，钦此！"

以上五节，当作史实看去，发生于十五世纪初，在欧洲也正在举行神圣裁判，似乎不足为奇：五百年来，世界究竟变好了不少了。但是在中国，如夏穗卿先生所说，"唐以后，男子是奴隶，女子是动物了"，这个现象至今还未大变，我们到底不知道自己住着的是文明的还是野蛮的世界。我相信像上边所录的圣旨是以后不会再有的了，但我又觉得朱棣的鬼还是活在人间，所以煞是可怕。不但是讲礼教风化的大人先生们如此，便是“引车卖浆”的老百姓也都一样，只要听他平常相骂的话，便足以证明他们的心是还为邪鬼所占据。——赶走这些邪鬼是知识阶级的职务，我希望他们多做这一步工夫，这实在要比别的事情更为根本的。

《保越录》

元至正中，朱元璋麾下大将胡大海率兵攻绍兴，吕珍守城抵御，次年围解，徐勉之纪其事为《保越录》一卷。所记明兵暴行，虽出自敌人之口，当非全无根据：胡大海与杨琏真伽觉得没有什么区别。

敌军发掘冢墓，自理宗慈献夫人以下至官庶坟墓无不发，金玉宝器，捆载而去。其尸或贯之以水银，面皆如生，被斩戮污辱者尤甚。

×

城外霖雨不止，水涝泛溢敌寨，溽暑郁蒸，疫疠大作。敌军首将祈祷禹庙，南镇，不应，乃毁其像，仆窆石。

但是最有趣味的乃是这一条，记至正十九年（1359，是年英国文学之父 Chaucer 方二十岁）二月里一次战争的情形的。

庚午，敌军攻常禧门，……纵横驰突，诟詈

> 施侮。总管焦德昭、倪昶等分部接战。公（吕珍）跃马向敌军，一骑来迎。公叱曰："汝是谁？"曰："我舍命王也。"语未毕，公挥挡杈已中其颐，遂擒以还。敌军披靡。

我们读《三国志演义》《说唐》《说岳》，常看见这种情形，岂知在明初还是如此，而且又是事实。我们如说十四世纪，觉得这是中古时代，单枪匹马大战数十合是武士的常事，但说到元明便仿佛是不很远，要算是近代了，所以不免觉得有点希奇。其实这种情形在火器通行以前大约继续存在，我想在洪杨时代恐怕也还是如此罢。（个人斗殴时至今存着这个遗迹。）

芳町

芳町（Yoshicho）是日本东京的一个地名，在德川时代（1603—1867）是“像姑”——称作ㄎㄚㄫㄝㄇㄚ（Kagema）——的荟萃之区，所以在讽刺的风俗诗“川柳”里芳町二字便当作她们（?）的代名词了。日本的像姑，不能如琴言那样见赏于学士大夫，过访的人大抵都是些武士道的武士，假扮作医师的和尚（因为医师大概是僧形，即缁衣削发，虽然不算出家），以及公侯府里的女官。文学上特别有一类论文小说，韵文方面则“川柳”时常说起，其他歌俳便有点避之若浼了。古川柳有一句云：

Seni harao

Kaete Yoshicho

Kiakuo tori

即是说最后的一项——招待女客的，但是文句却不很便于直译了。明治维新以来，此种风雅的传统遂绝，现在的“伶官”大抵专门演艺。我于光绪末年（1906）初次到北京的时候，还得亲见相公们丰采，第二次（1917）来时仿佛也不见了。阅中野三允著《古川柳评释》（本年六月出版），在关于芳町的一句下面，有坂井久良岐的这样一节注释：

> 川柳里说起芳町，即是指像姑。明治时有酒楼名百尺者，乃此类伎楼之一的旧址。支那戏子中多有像姑。前日往观梅兰芳演艺，得此一句：
>
> Pekin-Kara kite
>
> Yoshicho no
>
> Iro-o mise

大意云，遥遥地从北京跑来，给我们看芳町的色相。原本更要简炼，翻译时要想达意，说得很累坠了。久良[1]岐是日本新川柳的“大师”，世有定评，但是眼光似乎稍旧，所以那样的说，恐怕要大招中国梅派的怨恨，——这一点未免令我抱歉，有点对不起他老先生。久良岐的脾气似乎也不很好，倘若我们相信废姓外骨在他的《变态知识》（川柳研究月刊，现已停）上所说，但在介绍者方面总不能不负代为招到中国人的怨恨之责。

【锺校】

①“久良”原作“良久”，从上下文改。

蛮女的情歌

日本新村出著《南蛮更纱》中第七篇《关于南蛮的俗歌及其他》项下有这样的一节：

筑前韩泊地方有水手名孙太郎者，明和（1764—1771）初年漂流到婆罗洲，归来后叙南洋的奇闻，筑前儒者青木定远纪录考证，著为《南海纪闻》一书。孙太郎在南方海港班札耳玛辛听黑人唱歌，记了几首回来，有三首附录在卷末。马来系的婆罗语原歌今不重引，唯有一首经定远译为汉文，其词曰：

“百鸟飞未过，少年白皙且归支那。”

又释其义曰：

“昆仑奴之女悦支那少年颜色白皙，惜其归也。”

文词单纯，作诗歌论别无可称，且实际上打锣鼓用蛮声歌唱，粗鄙当不可耐，唯读《纪闻》中这几节文章：

“鹦哥　种类甚多，有红白绿或五色者。孙太郎往樵采时，常在山野见之，三三五五，联翩飞集花木间，可谓奇观。在班札耳玛辛亦笼养爱玩，以蔗糖水饲之云。”

“孔雀　在班札耳玛辛各家蓄养之。早晨飞去，白昼翱翔空中，仰望之仅如燕大，薄暮各归其家栖宿，云云。”

联想这种情景，诵那首歌词，觉得黑女的相思也正是恰好的题材，若更以德川时代的气分玩味之，别有情趣。那个海港在明代即与支那通商，为海商往来之地，亦见于《东西洋考》，称作文耶马神。因此，这《白鸟未过》的小歌也令人想起那《松叶》集中《长崎的鸡》那一篇来了。

《松叶》系元禄十六年（1703）编刊的俗歌集，卷一中有一首歌云：

长崎的鸡是不识时辰的鸟，

半夜里叫了起来，送走了郎君。

唐张文成著《游仙窟》中有句云，“可憎病鹊，夜半惊人；薄媚狂鸡，三更唱晓”，常为日本注俗歌者所引，大意相同。

《艳歌选》

《艳歌选》初编一卷，乌有子著，日本安永五年(1776)刻板，现藏东京上野图书馆中。原书未得见，仅在汤朝竹山人编《小呗选》中见其一部分计二十六首，首列俗歌原本，后加汉译。凭虚氏序言云："乌有先生尝游酒肆，每闻妓歌，便援笔诗之，断章别句，纵横变化，翻得而妙矣。"（原系汉文，间有不妥处，今仍其旧，不加更正。）又例言云：

和华相去辽远，异言殊音，翻此歌以成彼诗，斟酌增减，各适其宜，要在通情取意，不必句句而翻之，字字而译之。

里巷歌谣，率出于流俗儿女之口，而翻之以成诗，自不得浑雅矣，间亦有翻难翻者，殆不免牵强焉。总是杯酒馀兴，聊自玩耳，而或人刊行于世，盖欲使幼学之徒悦而诵之，习熟通晓，乃至于诗道也。固非近时狡儿辈侏[①]离之言，自以为诗为文，锲诸梨枣，但供和俗顾笑，假使华人见之，则不知何言之比也，世人幸详焉。

日本十七八世纪是尊重汉学的时代，所以翻译俗歌也要说是诗道的梯阶，其实这位乌有先生的意思似乎不过在表示他的诗才，挖苦那些“狡儿辈”罢了。他的译诗，看上边的例言可以知道是不很“信”的，但是有几首却还译得不坏，今录于下，不过他是学绝句和子夜歌的，所以他的好处也只是汉诗的好处，至于日本俗歌的趣味则几乎不大有了。

其一

纵不遇良人，但愿得尺素。

尺素如可得，良人似还遇。

其二

浓艳花满枝，枝高不可折；

徒羡双飞鸟，妾心独断绝。

其三

春宵君不见，独对落花风：

伊昔情无尽，只今欢已空。

其四

昔时未相值，但含眷恋情，

更堪今夕别，暗淡听钟声。

其五

凄凉独酌酒，聊欲忘忧思；
忧思不可忘，独酌难成醉②。

其六

歌送东关人，舞迎西海客；
为月还为花，春朝复秋夕。

其七

门前樱正发，何事系君驹？
君驹嘶且跃，花飞满庭衢。

其八

郎意欲迎妾，妾身宁得行？
行程五百里，风浪转相惊。

其九

闺里通宵卧，拥欢何限情，
任他窗外月，此夜自阴晴。

【鄘校】

①“侏”原作“佚”。

【锺校】

②“醉”原作“酻”。

明译《伊索寓言》

中国翻译外国文学书不知始于何时。就我们所知道，“冷红生”的《巴黎茶花女遗事》之前曾有什么《昕夕闲谈》，当时是每期一张附在瀛寰什么的里面。这是一种铅字竹纸印的定期刊，我只见到一期，所载《昕夕闲谈》正说到乔治（?）同他的妻往什么人家去，路上她骂乔治走得太快，说“你不知道老娘脚下有鸡眼，走不快么?”这一节我很清楚的记得；那时大概是甲午（1894）左右，推想原本杂志的出版至少还要早十年罢。后来在东京上野图书馆见到一八四〇年在广东出版的《意拾蒙引》，才知道还有更早的文学书译本。这《意拾蒙引》就是《伊索寓言》四个字的别译，当时看过作有一个简要的解题，可惜这本笔记于移家时失落，现在只记得这是一本英汉对照的洋装书，至于左边的一面究竟是英文还是罗马字[①]拼的汉音，也已经记不清了。

据新村出氏《南蛮广记》所说，明末也有一种伊索汉译本，特巴克耳（De Bakker）的《耶稣会士著述书志》内金尼阁（Nicoias Trlgault）项下有这样一条：

《况义》(伊索寓言选)

西安府，一六二五年，一卷。

这一部书当时似曾通行于中国日本，但现已无存，新村氏只在巴黎图书馆见到两本抄本，详细地记在《南蛮广记》里边。金尼阁是比利时人，著书甚多，有《西儒耳目资》一书讲中国言语，东京大学曾得一本。他又为第一个见到景教碑的西洋人，时在一六二五年，与《况义》成书之年相同，而笔述的张赓似亦即发见景教碑的保罗张赓虞，觉得非常巧合。唯译文殊不高明，今将新村氏所录《况义》二则（原本共二十二则）及跋文转录于下，以见古译书面目之一斑。

况义一

一日形体交疑乱也，相告语曰，我何繁劳不休？首主思虑，察以目，听以耳，论宣以舌，吃哜以齿，挥握奔走以手足：如是，各司形役，但彼腹中脾肚，受享晏如，胡为乎宜？遂与誓盟，勿再奉之，绝其饮食。不日肢体渐惫，莫觉其故也：首运，目瞀耳聩，舌槁齿摇，手颤[②]足疐。

于是腹乃吁曰：慎[3]勿乖哉，谓予无用，夫[4]脾源也，血脉流派，全体一家，抑脾庖也，尔饔尔餐，和合饱满，具咸宁矣。

义曰：天下一体，君元首，臣为腹，其五司四肢皆民也。君疑臣曰，尔靡大官俸；愚民亦曰，厉我为。不思相养相安，物各有酬，不则相伤，无民之国，无腹之体而已。

同六

一犬噬肉而跑，缘木梁渡河，下顾水中肉影，又复云肉也，急贪属啖，口不能噤，而噬者倏坠。河上群儿为之拍掌大笑。

义曰：其欲逐逐，丧所怀来，龙也可使忘影哉！

跋《况义》后

余既得读张先生《况义》矣，问先生曰，况之为况何取？先生曰，盖言比也。余乃规然若失，知先生之善立言焉。凡立言者，其言粹然，其言凛然，莫不归之于中，至于多方诱劝，则比之为用居多：是故或和而庄，或宽而密，或罕譬而喻，能使读之者迁善远罪而不自知。是故宜吾耳者十九，宜吾心者十九，且宜耳宜心者十九，至于宜耳不宜心者十不二三焉。张先生悯世人之懵懵也，西海金公口授之旨，而讽切之，须直指其意义之所在，多方开陈之，颜之曰《况义》，所称宽而密，罕譬而喻者则非耶。且夫义者宜也，义者意也，师其意矣，须知其宜，虽偶比一事，触一物，皆可得悟，况于讽说之昭昭者乎？然则余之与先生之与世人，其于所谓义一也，何必况义，何必不况义哉！后有读者取其意而悟之，其于先生立言之旨思过半矣。

鹫山谢懋明跋。

［附记］上文展转传抄，错误颇多，但无从校正，今但改正一二处明了笔误，此他文字句读悉仍其旧，唯换用新式标点罢了。

一九二五年十月四日。

【锺校】

①“究竟是英文还是罗马字”原作“究竟还是英文或罗马字”。

②“颤”原作“毡”。

③此处原衍“局”字，已删。

④“夫”原作“大”。

再关于伊索

以前在讲明译《伊索寓言》这一条里说起在一八四〇年出版的《意拾蒙引》，近阅英国约瑟雅各（Joseph Jacobs）的《伊索寓言小史》，知道关于那本《蒙引》还有一件小故事。据他引摩理斯（R. Morris）在《现代评论》（*Contemporary Review*）第三十九卷中发表的文章，云《意拾蒙引》出版后风行一时，大家都津津乐道，后来为一个大官所知，他说道，“这里一定是说着我们！”遂命令将这部寓言列入违碍书目中。这个故事颇有趣味，虽然看去好像不是事实。《意拾蒙引》是一本中英（?）合璧的洋装小册，总是什么教会的附属机关发行，我们参照现在广学会的那种推销法，可以想见他的销行一定不会很广的，因此也就不容易为大官所知道，倘若不是由著者自己送上去，如凯乐思博士（Paul Carus）之进呈《支那哲学》一样。至于说官吏都爱读《意拾蒙引》，更是不能相信。西洋人看中国，总当他是《天方夜谈》中的一角土地，所以有时看得太离奇了。但这件故事里最重要的还是《意拾蒙引》曾否真被禁止这一节，可惜我们现在无从去查考。

《遵主圣范》

前几天在东安市场旧书摊上见到一册洋装小本的书，名曰《遵主圣范》，拿起来一看，原来乃是 *Imitatio Christi* 的译本。这是一九一二年的有光纸重印本，系北京救世堂（西什库北堂）出版，前有一八七五年主教类斯田[①]的序文。

这部《遵主圣范》是我所喜欢的一种书（我所见的是两种英译），虽然我不是天主教徒。我听说这是中世纪基督教思想的一部代表的著作，却没有道学家的那种严厉气，而且它的宗旨又近于神秘主义，使我们觉得很有趣味。从文学方面讲，它也是很有价值的书。据说这是妥玛肯比斯（Thomas Kempis，1379—1471）做的，他与波加屈（Giovanni Boccaccio，1313—1375）虽是生的时地不同，思想不同，但同是时代的先驱，他代表宗教改革，正如波加屈代表文艺复兴的潮流。英国人玛格纳思（Laurie Magnus）在《欧洲文学大纲》卷一上说：

出世主义是《遵主圣范》的最显著的特色，犹如现世主义是《十日谈》（*Decameron*）的特色。我们回顾过去，望见宗教改革已隐现在那精神的要求里，这就是引导妥玛往共生宗的僧院的原因。我们又回顾过去，从波加屈的花园里，可以望见文艺复兴已隐现在那花市情人们的决心里，在立意不屈服于黑暗与绝望，却想用尽了官能的方[②]法去反抗那一般的阴暗之计画里了。无论在南欧在北欧，目的是一样的，虽然所选的手段不同。共同的目的是忘却与修复；忘却世上一切的罪恶，修复中古人的破损的[③]心，凭了种种内面的方法。《十日谈》里的一个贵女辩解她们躲到乡间去的理由道："在那里我们可以听到鸟的歌声，看见绿的山野，海水似地动着的稻田，各色各样的树木。在那里我们又可以更广远地看见天空，这虽然对我们很是严厉，但仍有它的那永久的美；我们可以见到各种美的东西，远过于我们的那个荒凉的城墙。"正是一样，妥玛想忘却他的心的荒凉，凭了与天主的神交修复他精神的破损。

这一部中世纪的名著中国早有了汉译，这是我所很欣喜的。据类斯田主教序上所说："其翻入中国文字者，已经数家，但非文太简奥，难使人人尽解，即语太繁俗，且多散漫，往往有晦作者之意。"可见很早就有译本，可惜我们都不知道。单就这一八七五年本来说，也就很可珍重，计那时正是清光绪元年，距今不过整五十年，但是文学翻译的工作还未起头，就是最早的冷红生也还要在二十年后，而《遵主圣[4]范》新译已出，并且还是用"平文"写的，更是难得了。自然，新旧约的官话译本还要在前，译时都从宗教着眼，并不论它文艺的价值，这也是的确的，但我们无妨当它作世界文学古译本之一，加以把玩。《遵主圣范》的译文虽不能说是十分满意，然而在五十年前有这样的白话文（即平文），也就很可佩服了。今抄录卷一第五章的译文于下，以见一斑。

论看圣书

看圣书，不是看里头的文章，是求里头的真道；是欲得其中的益处，不是看文词的华美。看书之意与作书之意相合，方好。要把浅近热心的书与那文理高妙的书一样平心观看。你莫管作书者学问高低，只该因爱真实道理，才看这部书。不必查问是谁说的，只该留神说的是什么。

> 人能死，天主的真道常存[5]。不论何等人，天主皆按人施训。只因我们看书的时候，于那该轻轻放过的节目偏要多事追究，是以阻我们得其益处。要取圣书之益，该谦逊，诚实，信服，总不要想讨个博学的虚名。你该情愿领圣人们的教，缄口静听。切莫轻慢先圣之言，因为那些训言不是无缘无故就说出来的。

又如卷二第十二章《论十字圣架之御路》十四节中有这几句话：

> 你须真知灼见，度此暂生，当是刻刻赴死。人越死于自己，则愈活于天主。

这译语用得如何大胆而又如何苦心，虽然非支及拉耳特（Fitzgerald）的徒弟决不佩服，我却相信就是叫我们来译也想不出别的办法来的了。

末了，我又想起来了，倘若有人肯费光阴与气力，给我们编一本明以来的译书史，——不，就是一册表也好，——那是怎么可以感谢的工作呀。

【锺校】

①“类斯田”与后文“田类斯”似为一人，因各有出处，故均仍其旧。

②“方”原作“新”。

③原无“的”字，今增。

④“圣”原作“义”。

⑤“存”原作“有”，据《语丝》改。

附录一：再论《遵主圣范》译本

（陈垣）

阅《语丝周刊》第五十期，有《遵主圣范》一则，特将敝藏所藏此书汉译诸本，介绍于众：

（一）《轻世金书》

一六四〇年阳玛诺译，一八四八年上海重刊本。

阳玛诺葡萄牙国人，一六一〇年至中国，传教北京、江南等处，后驻浙江。一六五九年卒，墓在杭州方井南。其所译著，尚有《圣经直解》《十诫直诠》《景教碑颂正诠》《天问略》等。《天问略》曾刻于《艺海珠尘》中。

此书用《尚书》谟诰体，与所著《圣经直解》同，其文至艰深，盖鄞人朱宗元所与润色者也。宗元为天主教信徒，顺治五年举人，康熙《鄞县志》称其[①]博学善文，所著有《拯世略说》《答客问》等，文笔酣畅，与此书体裁绝异。宗元之意，以为翻译圣经贤传，与寻常著述不同，非用《尚书》谟诰体不足以显其高古也。结果遂有此号称难读之《轻世金书》译本。兹录其小引如左，亦可见其译笔之一斑。

> 客瞥书额，讶曰："世热谫劣，人匪晻暧，佥知，先生译兹，毋乃虚营！"答曰："世谫诚然，克振拔者几！圣经云，众人竟败，灵目悉眯，鲜哉冀明厥行，讵云虚营！"几欲操觚，获笃玛大贤书，觇缕厥理。若玩兹书，明悟顿启，爱欲翛发。洞世丑，曰"轻世"，且读贵若宝矿，亦曰"金书"。玩而弗斁，贫儿暴富，无庸搜广籍也。统括四卷，若针南指，示人游世弗舛。初导兴程，冀人改愆，却旧徙新识己。次导继程，弃俗幻乐，饫道真滋，始肄默工。次又导终程，示以悟入默想，已精求精。末则论主圣体，若庀丰宴福，善士竟程，为程工报。兹四帙大意也。书理而夷奇，咀而愈味。但人攻攲攲，或弦遵诫，或强希圣，虽趣志人殊，然知玩佥裨，是书奚可少哉！昔贤历回回邦，王延观国宝，既阅群书藏，出兹书曰："知是书耶？"贤曰："兹乃圣教神书，王不从，焉用？"王曰："寡人宝聚皆贵，兹书厥极，盖宝外饰，是书内饰，钦哉。"西士钻厥益曰："人或撄疑，或罹患，罔策决脱，

若应手揽书，即获决脱，厥效神哉！”又拟曰：经记昔主自空命降滋，味谓玛纳，因字教众，奇矣其奇，味虽惟一，公含诸味，人贪某味，玛纳即应，书惟一。诸德之集，自逞之抑，自诿之勖，失心之望，怠食之策，妄豫之禁，虚恐之释，恶德之阻，善德之进，灵病之神剂也。自天降临玛纳，信乎，诸会士日览，赀若神粻，是故译之。友法兹探验，灵健，蒙裨奢矣。极西阳玛诺识。

（二）《轻世金书便览》

一[②]八四八年吕若翰撰，一九〇五年广东重刊本。

吕若翰，粤之顺德人，天主教士，以阳玛诺《轻世金书》难读，特仿《日讲书经解义》体，为之注解，词旨条达，可为阳译功臣。

（三）《遵主圣范》

一八七四年田类斯重译，一九一二年北京救世堂本。

此即《语丝》第五十期所介绍之本。田类斯为味增爵会北京主教。观其自序，似《遵主圣范》译名并不始于田类斯，田不过据旧译重为删订而已。余见重庆圣家堂书目，有《遵主圣范》一种，未识为何本。此本纯用语体，比《轻世金书》易晓，故颇通行。又田序言旧译尚有《神慰奇编》，余求之十馀年，未之见。

（四）《遵主圣范》

一八九五年柏亨理重译，一九〇四年上海美华书馆本。

柏亨理[③]为耶稣教士。此本[④]即据田类斯本，改语体为文体，凡田本“的”“这”“我们”等字，均易以“之”“此”“我等”。凡称天主处，均易以上帝。其自序言：

> 著此书者乃根比斯之笃玛，德国人，生于一千三百八十年，十九岁入修士院，在彼七十馀年，至九十二岁而卒。其书乃其六十一岁时所著，原文用拉低尼语，至今翻译已经六十馀种话语。今特将天主教会主教类斯田所删定之本，略改数处；免门徒见之，或生阻碍。其字面有更换者，乃为使其尤易通行云。

柏亨理之意，盖以文体为比语体通行，然细审其书，文笔平凡，似无谓多此一举。

（五）《师主编》

一九〇一年蒋升译，一九〇七年上海慈母堂本。

蒋升为天主教耶稣会士，其凡例称：“是书译本已有数种，或简故奇倔，难索解人；若散漫晦涩，领略为难；或辞取方言，限于一隅；今本措词清浅，冀人一目了然。”又云：“各译本题额不同，或名《轻世金书》，或名《神慰奇编》，或名《遵主圣范》，似与原本颜名不甚符合，故区而别之，颜之曰《师主编》云。”

《神慰奇编》余未见，此书所讥简故奇倔，似指《轻世金书》，辞取方言似指《遵主圣范》，然则散漫晦涩，当指《神慰奇编》也。此译纯用文言，词句比较浅达，似视柏本为优矣，河间献县亦有刊本。

（六）《遵主圣范新编》

一九〇五年香港纳匝肋静院本。

此本无译者姓名，似系将田本改译，其用语比田本更俗。重庆圣家堂书目，亦有《遵主圣范新编》，未识与此本同否。

今特以《语丝》第五十期所举田译之卷一第五章译文为例，将阳译《轻世金书》、蒋译《师主编》与此本译文，并录如左，比类而观，亦可见诸家之优劣矣。

《轻世金书》译文——恒诵《圣经》善书

诵《圣经》等书，求实勿求文。主并诸圣以圣意敷书，吾亦可以圣意诵之。图裨灵明，毋图悦听。章句或雅或俚，吾惟坦心以诵，勿曰作者何士。行文浅深，惟视其书之旨，作者骨虽已朽，其精意偕主真训，恒留书内。主冀吾聆，不判彼此，奈人喜察超理，卒莫承裨。夫欲承之，则宜逊矣。勿怙己睿，勿以言俚而逆意，勿以理在而加损，以沽儒者名。或时值理有不决，可虚衷以问，勿遽轻古贤喻；古之贤者皆有为也，敢不钦哉。

《师主编》译文——论读《圣经》

人于《圣经》宜求者，真实也，非词章也。阅诸圣经者，宜体作者之心。吾侪于《圣经》，宁求实益，毋求言词之高妙。书之平易热心者，吾宜乐诵之，如诵高深者。著书者之才力或小或[5]大，无干于汝，惟爱实理之心引汝诵阅耳。汝毋究言此者何人，惟留意于所言者何理。

人固往焉，而主之真实永存。天主以多式训我，无分人之彼此。吾侪好异之心屡阻我诵阅圣经，盖当阙疑之处亦欲深知推究也。汝若欲收其益，宜谦逊纯朴忠诚而诵之，终不愿有博知之名。汝宜甘于请问，默听圣德之言，勿厌古人所设之喻，盖决非无故而设此喻也。

《遵主圣范新编》译文——读《圣经》看善书的正法

看圣书不要贪高妙的文法，只要想真实的道理；看《圣经》的意思，该当体会[⑥]造《圣经》的志向才是。总是咱们不该在《圣经》上找细微的言词，只该专务有益的教训。若《圣经》以外能彀动心的善书，不论是美妙深奥的，或是朴素无文的，都该要一样的爱看。你别误工夫，搜寻做书的是何等人，他的学问高低何如，引着你看书的只要有一个爱慕纯实道理的心才好。你也别问这话是谁说的，你只管在那话的意思留神。

人再没有个不死的，只有天主的真理，是永远不会变的。天主不论是何等人，千方百计都一齐要教诲的。但屡屡的有肯察访，肯穷究的毛病，耽搁了看《圣经》读书的神益。因为有该老实信从的道理，我们反倒尽力[⑦]要推论要细究。你要看圣书取个神益，该谦逊，该老实着信服看才是[⑧]，总不要图一个博学的虚名。你该情愿领圣人们的教，嘿嘿的留神听他的[⑨]话。就是古圣贤的俗语，你也不要嫌他，因为这些训言，都不是无缘故的说给你听的。

又《语丝》第五十期所举卷二第十二章十四节之文，今亦将诸本译文列下：

阳译 自视如殂，遗世伪乐，灵性始生。

蒋译 汝宜需死以度生，当知为确实之理；凡愈死于己者，始愈活于天主。

新编 你还要知道你在世上的暂生，该是一个常死；一个人越死于自己，他越活于天主。

（七）《轻世金书直解》

一九〇七年王保禄撰，一九〇九年北京刊本。

王保禄为北京味增爵会士。原序不著姓名，余从《经书目录》知为王保禄撰。唯《经书目录》称此书为一九〇三年重印，而原序则末署光绪丁未秋，丁未为一九〇七年，疑目录误耳。序称此书仿[10]《南华发覆》作，《南华发覆》者，坊间《庄子》注本，本文大字，而以疏解之文作小字，纳入本文中，俾读者联贯而读之，其能免续凫断鹤削趾适屦之讥者鲜矣。然观其自序，可见田译《遵主圣范》之不能尽满人意，而后人兴反古之思。其序有曰：

《轻世金书》乃圣教神修之妙书也。明末极

> 西耶稣会士阳玛诺译入汉文，甬上朱子宗元订正之，而字句简古，文义玄奥，非兼通西文者往往难得真解。今之浅文《遵主圣范》，即同一书也。然虽有《遵主圣范》，而人多以能读《轻世金书》为快，求为讲解者甚夥。

即其证也。又云，《遵主圣范》与现今通行之西文本相同，而《轻世金书》则与现今通行之西文本繁简迥异，疑当时所据者另为一本。今《遵主圣范》《师主编》卷三，均五十九章，而《轻世金书》卷三则六十四章。细相比勘，知第三第十五第二十七各章之下，《轻世金书》均多一章，第二十三章之下，《轻世金书》则多二章。其篇章分合不同，抑词句多寡有别，非得三百年前蜡顶文原本校之不可，是在好学君子。

（一九二五年十月三十一日北京）

【锺校】

①“其”原作“有”。

②“一”原作“了”。

③“理”原作“识”。

④“本”原作“欲”。

⑤“或”原作“成”。

⑥“会”原作“合”。

⑦“力”原作“子”。

⑧“该谦逊，该老实着信服看才是”原作“该谦逊老实着信服看才是”，据《语丝》改。

⑨原无“的”字，今增。

⑩“此书仿”原作“此仿书”。

附录二：三论《遵主圣范》译本

（张若谷）

前读《语丝》第五十期《茶话》中《遵主圣范》一则后，我狠想把别种译本也同时给诸君介绍出来，前天见《语丝》第五十三期上，陈援庵君已先我而发，做了一篇《再论〈遵主圣范〉译本》，历举《轻世金书》《师主编》等七种译本，也可以见到陈君家藏书籍的丰富了。但是，我觉得还有几种译本，为陈君等所遗漏的，现在补录在下面。

《遵主圣范》

此书无译者姓名，亦无印行的年代和地名，共有四本，用连史纸铅印。吾曾见其甲乙二种，（甲）卷头有“遵主圣范并言”六字，（乙）无“并言”二字，此种刻本，疑即陈君见于重庆圣字堂书目[①]的一种。惟已经再版翻印过，故微有不同处耳。译文纯用文言体裁，现录其《论善读〈圣经〉书籍》一章，以见一斑。

论善读《圣经》书籍——(失名)《遵主圣范》本

人于《圣经》，宜求真理，不求华文也。看《圣经》者，宜体贴纪录《圣经》之至意也。宁求《圣经》益己之灵，不务言词高妙也。平易之书而能动心者，宜乐玩之便如看高妙之书也。勿厌著书者系何等人，或博学，或庸常，但汝看书宜慕其纯实之理为指引也。不宜问是何人所说，宜问所说是何理而细想之。

人易过往不能久留，惟主真实之言常在也。主可教示于人以多术，并亦不分所用以教于人者为何等人也。看《圣经》时每有爱查究之心，则此心能阻己受《圣经》之益。其经文未解之处，宜朴看过，定要明辨尽究者则不可得也。若欲善书有益于汝，看时宜谦宜诚宜纯朴，再不可有心求博之虚名也。汝宜欢心问人所未知之理，又宜默听圣人之言，勿厌古人之谚。盖古人之谚必有所谓，非无故而言也。

《师主篇》

此书与陈君所举蒋升译本，同名异文，一九〇四年天主教耶稣会士李友兰重译，一九〇五年河间府胜世堂重印。我曾见其一九〇四年印本，“并言”后不记姓名，一九〇五年本，则“并言”后有光绪三十一年冬耶稣会后学李友兰谨识字样。译文用燕北官话，其论读[2]《圣经》一章如下：

论读《圣经》——李译《师主篇》

一，在《圣经》上当求的是真理，不是文词。天主作《圣经》的心神，就是念《圣经》理当求的心神。所以我们念《圣经》，当求益处，不求文法。别的圣书，或话浅情深的，或辞高意奥的，[3]我们当一样念法。念圣书，但为贪求真理，至于书是谁做的，他的学问或大或小，不当介意。总而言之，这话是谁说的，你不必问；这话的意思，你当留神。

二，一总的人都有死，天主的道理常存。不论我们[4]尊卑富穷，天主用许多法子教训我们。为善念圣书，我们好事之心是一个阻当，有地方本当轻轻读过，我们反要深思明辨[5]。你愿意得益处，念圣书当谦逊，当老实，又当有信德，总不当有求名的意见。不懂得的字句，你当甘心就正，圣贤的讲解又当静听，长者的比喻更不可轻忽，因为那些比喻不是无缘无故的说出来的。

《师主吟》

一八九八年蒋升（?）撰，一八九八年上海土山湾印书馆印本，一九一一年重印。此书的体裁，是“按《师主》之道，不辞不文，而为吟者也”。——见序文。

吟诵[6]经一首如下：

诵经书，贵实理，毋求词采夸虚靡。
耶稣群圣敷圣意，吾人诵读当如此。
图裨灵明非悦听，章句罔判精与俚。
作者何意莫辨别，行文浅深不之訾。
奈人喜察起性旨，抛却精华取糠粃。
时逢书中理未明，不肯虚衷启问齿。
卒至书是书吾是吾而已！

【锺校】

①“重庆圣字堂书目”，陈垣文中两处均作“重庆圣家堂书目”。

②原无“读”字，今增。

③“或辞高意奥的，”据《语丝》补入。

④原无“们”字，今增。

⑤“辨”原作“辩”。

⑥“诵”原作“论”。

塞文狄斯

张慈慰先生在《论妇女的智力》（《晨报副刊》一四〇二）文中引有一段很有趣的故事云：

从前有一个人到西班牙去，看见路上一个衣服破裂不堪形如乞丐的人，旁人告诉他，这就是写 *Don Quixote* 的 Cervantes。他觉得西班牙政府太不近情理，对于这样伟大的诗人，还不扶助。但他的朋友就告诉他，只因西班牙政府没有扶助，这诗人才写出这伟大的著作，否则我们就没有这样一本书了。

上文是见于十一月二十三日的报上，我们再查十一月七日发行的《现代评论》第四十八期，见西滢先生的《闲话》内也有相像的话：

有人游历西班牙，他的引导者指了一个乞丐似的老人说，那就是写 *Don Quixote* 的 Cervantes。听者惊诧道："塞文狄斯吗？怎样你们的政府让他这样的穷困？”引导者道：“要是政府养了他，他就不写 *Don Quixote* 那样的作品了。”

我觉得这个故事很是有趣，不禁发了一点考据癖的痴，要找出它的出典来，于是拿了几种西班牙文学史以及评论来乱查一阵，可是都不在那里边。后来查到一本《塞文狄斯评传》，是英国《吉诃德先生》译者 Henry Edward Watts 所著，第十二章中说及 Marquez Torres 记述一件故事，足以见塞文狄斯的声名在当时是怎样的大。一六一五年（塞文狄斯那时是六十八岁，次年他就死了）二月二十五日，Torres 跟了妥勒陀地方主教去回访法国专使，随员中有好些人都爱读塞文狄斯的著作。

> 他们如此热心赞美，我便允许引导他们到一处地方，可以看见那个著者，他们非常愿意。他们询问他的年纪，职业，身分和境况，我只好答说他年老了，是一个军人，是绅士，很穷；于是一个人问道：但是西班牙为什么不用公款资助这样的人，使他富有些呢？又一个人很深刻的说道：若是穷困逼迫他著书，那么愿上帝不要使他富有，他自己虽穷困，却可以用了他的著作使世界富有。

James Fitzmaurice Kelly 的精确的《塞文狄斯传》第十

二节中也这样说，大约这段叙述是可靠的了，因为Kelly是英国现在的西班牙文学的“权威”。虽然有人说法国人真去会过塞文狄斯，但他似乎不相信，因他在下文这样的说：

> 倘若那些法国的爱读者真让Torres引导到塞文狄斯的家里去，他们便会得从周围的情状看出他真是穷困。

他的确是穷。一五九〇年十一月八日塞文狄斯为得赊了值四十块钱的布匹，由他和他的保人与布店订立一个合同，还有四个公证作中，真如传中所说郑重得尽够担保公债了。一六〇一年冬政府问他追还亏空的公款时，他也是“自己尚无衣食之资”，所以第二次下了牢。他的窘况确是历历如见，但似乎他那悬鹑百结的真相却终于没有人亲见，——自然他的亲戚朋友是看见的，不过不曾见诸记录。

《吉诃德先生》（全名是《拉曼差的聪敏的绅士吉诃德先生》）是我所很喜欢的书之一种，我在宣统年前读过一遍，近十多年中没有再读，但随时翻拢翻开，不晓得有几十回，这于我比《水浒》还要亲近。某“西儒”说：“一个文人著作的最好的注释是[1]他自己的生活。”但在塞文狄斯又是特别如此，因为如又一“西儒”说：“有人著作小说，有人经历小说，塞文狄斯则兼此二者而有之。”你如喜读《吉诃德先生》，你一定会对于塞文狄斯的传记感到兴趣。他的生活固然是很浪漫的，但说是现实的却也同时非常地现实。他是一个文艺复兴时代的人。他有他的伟大处，也有好些他的过失；不过这使我们更能理解他，因为我们所求者并不是圣徒之奇迹的故事。Kelly 的一本简洁精密的小传真比《五十著名轶事》还要有趣味，虽然里边所记都是考证确实，大半本脚注全是所根据的西班牙文文件原本。与其读十本中国现代水平线上的小说，实在不如读半本（西班牙文的一部分除外也）这样的书。

十四年十二月五日。

【锺校】

①原无“是”字，今增。

和魂汉才

近日又因伤风卧病，不能作事，只好看书消遣。其一是 Francis Espinasse 的《服尔德传》一本小册子，看了很有兴趣；其一是加藤咄堂的《民间信仰史》，虽有五百页，却也愉快地读完了。第六章里讲到“文化之民族化”的地方，有一节很妙的话，即儒学大家菅原道真（845—903）曾说：“凡神国一世无穷之神妙，非他国之所得而窥知，汉土三代周公之圣经虽然可学，但其革命之国风所当深加思虑。”他曾主张所谓“和魂汉才”，这与张之洞的那个中学为体西学为用正是一样。菅原生当中国唐末，十一岁即能诗，事君尽忠，为同僚所谗毁，谪死筑紫，后人崇祀为天满神，犹中国之文昌帝君。

同书又引《桂林漫录》，云中国经典中《孟子》一书，或因主张民贵的关系，与日本神道之御意不合，故船中如载有此书，必遭覆没。明谢在杭的《五杂组[①]》亦云："倭土亦重儒书，信佛书。凡中国之经皆以重价购之，独无《孟子》。有携此书往者，舟辄覆溺。"这自然只是一个传说，但其意义很是重大。日本的"中学为体西学为用"的主张实在要比中国更是久远强固，张之洞的格言日本在一千年前早已有了。至于以后这主张能够维持得多久，还须看将来。不过中国的国风是革命的，倘若所谓为体的中学不是革命的性质的，当然不能存立，这一点还不难解决。谜之国或者倒还是在日本。

【锺校】

①"组"原作"爼"。

回丧与买水

英国弗来则博士著《普许嘿之工作》(F. G. Frazer *Psyche's Task*)第五章云，野蛮人送葬归，惧鬼魂复返，多设计以阻之。通古斯人以雪或木塞路，缅甸之钦[1]族则以竹竿横放路上。纳巴耳之曼伽族葬后一人先返，集棘刺堆积中途，设为障碍，上置大石，立其上，一手持香炉，送葬者悉从石上香烟中过，云鬼闻香逗留，不至乘生人肩上越棘刺而过也。《颜氏家训》卷二云：

> 偏傍之书，死有归杀，子孙逃窜，莫肯在家。画咒书符，作诸厌胜。丧出之日，门前然火，户外列灰，祓送家鬼，章断注连。凡如此比，不近有情，乃儒雅之罪人，弹议所当加也。

今绍兴回丧，于门外焚谷壳，送葬者跨烟而过，始各返其家，其用意相同，即防鬼魂之附着也。

周去非《岭外代答》卷六云：

> 钦人始死，孝子披发顶竹笠，携瓶瓮，持纸钱，往水滨号恸，掷钱于水而汲归浴尸，谓之买水，否则邻里以为不孝。今钦人食用以钱易水以充庖厨，谓之沽水者，避凶名也。邕州溪峒则男女群浴于川，号泣而归。

今绍兴人死将敛，孝子衣死者之衣，张黄伞，鼓乐导至水次，投铜钱铁钉各一，汲水归以浴尸，亦名买水，盖死者自购水于水神也。俗传满洲入关，越人有“生降死不降”之誓，故敛时束发为髻而不辫，又不用清朝之水，自出钱买之，观《岭外代答》所记则此风宋时已有之，且亦不限于越中一隅也。绍兴转煞之仪式亦颇郑重，煞即起于倾浴尸水之地，状如流星，本为死者之魄，唯又别有煞神，人首鸡身，相传旧有牝牡二神，赵匡胤未遇时投宿人家，值回杀，攫得其一食之，以后世间遂只有雌神云。

以上是张辫帅复辟的那几天，在会馆破屋中看书遣闷时随笔的一则，前后已有十年，那时还写的是三脚猫的文言，但内容还有点趣味，所以把它抄在这里。我们可以看出野蛮思想怎样根深蒂固地隐伏在现代生活里，我们自称以儒教立国的中华实际上还是在崇拜那正流行于东北亚洲的萨满教。有人背诵孔孟，有人注释老庄，但他们（孔老等）对于中国国民实在等于不曾有过这个人。海面的波浪是在走动，海底的水却千年如故。把这底下的情形调查一番，看中国民间信仰思想到底是怎样，我想这倒不是一件徒然的事。文化的程度以文明社会里的野蛮人之多少为比例，在中国是怎么一个比例呢？

【锺校】

①“钦”原作“清”。

约翰巴耳

前日我往新街口纸店里去买一支元字笔，见电灯柱上有新贴的长条传单，走去一看，乃是孙中山先生周年纪念会所印，有一条是“打倒任何属性的帝国主义”十一字。末四字的意义在一般北京市民恐怕已不很明了，“任何属性”一定是更不懂了，至于其中所含的奥义则我也是打听清楚这是哪一方面所贴之后方才悟出，在不知道内容的人自然无从索解，只觉得茫然如见唵字神咒，不晓得他的神力在哪里。我看了这种古典的宣传口号，遂又想起英国的逆僧约翰球的故事来。

约翰球者，约翰巴耳（John Ball）之汉译也。

他是一个基督教的僧侣，他的说教助成了那一三八一年的农夫之乱。他自称为“约克的圣玛理亚之僧”，大约说是他本是那里的圣玛理亚寺里的一个客僧。但是他一生的大事业是在厄色克思，特别是科乞斯德周围一带。他的说教似乎开始很早，在一三八一年的二十年前。一三六六年他已被传到堪忒伯利主教西门兰干面前，监禁了起来。他的罪名是教人为非。他却一点都不警戒，随后被诺列志和堪忒伯利两处主教宣告破门（不但赶出教会，还要永堕地狱）。他似乎有点归依威克利夫的宗旨，在不准再进教堂之后，他仍在市场和坟地继续说教。一三七六年发出拘票捉他，当作一个破门的人；一三八一年四月末被禁在梅斯东地方的大主教监狱里。乱党的最初行动之一即是想救他出来。六月十三日他对了叛徒们作那有名的说教，主题是这两句：

"当初亚当种田，夏娃织布，
那时有谁是绅士富户？"
(Whan Adam dalf and Eve span,
Whan was thanne a gentilman?)

据说萨特伯利大主教被捉住斩首的时候，他也是首先冲进谯楼去的一个人。英王在斯密非耳特与乱党交战时他也在场，或者亲见首领泰勒之失败。叛众溃散之后他逃到孔文忒利，旋被捕获，解往圣亚般思审问。审判时他很是勇敢，不肯呈请英王赦罪。他被判为大逆，于七月十五日在圣亚般思绞毙，破肚，分尸。（右见 Henry Bett 的《儿歌的起源与其历史》，第三章讲“数与记忆”，说及约翰巴耳的故事在现今的儿歌中尚有馀留。）

“当初亚当种田，夏娃织布，

那时有谁是绅士富户？”

基督教僧侣宣传反贵族运动，这两句话多么巧妙，身分口气无不恰好，这或者可以当作后世宣传家的模范了罢。

花煞

川岛在《语丝》六六期上提起花煞，并问我记不记得高调班里一个花煞“被某君看到大大的收拾了一场”的故事。这个戏文我不知道，虽然花煞这件东西是知道——不，是听见人家说过的。照我的愚见说来，煞本是死人自己，最初就是他的体魄，后来算作他的灵魂，其状如家鸡。（凡往来飘忽，或出没于阴湿地方的东西，都常用以代表魂魄，如蛇虫鸟鼠之类，这里本来当是一种飞鸟，但是后人见识日陋，他们除了天天在眼前的鸡鸭外几乎不记得有别的禽鸟，所以只称他是家鸡，不管他能飞不能飞了；说到这里，我觉得绍兴放在灵前的两只纸鸡，大约也是代表这个东西的，虽然他们说是跟死者到阴间去吃痰的，而中国人也的确喜欢吐痰。）再后来乃称作煞神，仿佛是“解差”一类的东西，而且有公母两只了。至于花煞（方音读作 Huoasaa，第二字平常读 Saeh）则单是一种喜欢在结婚时作弄人的凶鬼，与结婚的本人别无系属的关系。在野蛮人的世界里，四分之一是活人，三分之一是死鬼，其馀的都是精灵鬼怪。这第三种，占全数十二分之五的东西，现在总称精灵鬼怪，“西儒”则呼之为代蒙（Daimones），里边也未必绝无和善的，但大抵都是凶恶，幸灾乐祸的，在文化幼稚，他们还没有高升为神的时候，恐怕个个都是如此。他们时时刻刻等着机会，要来伤害活人，虽然这于他们并没有什么好处，而且那时也还没有与上帝作对的天魔派遣他们出去捣乱。但是活人也不是蠢东西，任他们摆布，也知道躲避或抵抗，所以他们须得找寻好机会，人们不大能够反抗的时候下手，例如呵欠，喷嚏，睡觉，吃饭，发身，生产，——此外最好自然还有那性行为，尤其是初次的性交。截搭题做到这里，已经渡到花煞上来了。喔，说到本题，我却没有什么可以讲了，因为关于绍兴的花煞的传记我实在知道得太少。我只知道男家发轿时照例有人穿了袍褂顶戴（现在大约是戴上了乌壳帽了吧），拿一面镜子一个熨斗和一座烛台在轿内乱照，行“搜轿”的仪式。这当然是在那里搜鬼，但搜的似乎不是花煞，因为花煞仍旧跟着花轿来的，仿佛可以说凡花轿必有其花煞，自然这轿须得实的，里边坐着一个人。这个怪物大约与花轿有什么神秘的关系，虽然我不能确说；总之男女居室而不用花轿便不听见有什么花煞，如抢亲，养媳妇，纳妾，至于野田草露更不必说了。听说一个人冲了花煞就要死或者至少也是重病，则其祸祟又波及新人以外的旁人了，或者因为新[1]娘子遍身穿红，又熏透芸香，已经有十足的防御，所谓有备故无患也欤。

【锺校】

①原无“新”字，今增。

附录：结婚与死

（顺风）

岂明先生：

在《语丝》六八期上看到说起花煞，我预备把我所知的一点奉告。这种传说我曾听见人家谈起过几次，知道它是很有来历的，只是可惜我所听到的也只是些断片，很不完全。据说从前有一个新娘用剪刀在轿内自杀，这便是花煞神的来源。因此绍兴结婚时忌见铁，凡门上的铁环，壁上的铁钉之类，都须用红纸蒙住。

关于那女子在轿中自杀的事情，听说在一本《花煞卷》中有得说起。绍兴夏天晚上常有“宣卷”，《花煞卷》就是那种长篇宝卷之一，但我不曾听到过；只有一个朋友曾见这卷的刊本，不过已记不清楚了，只记得那新娘是被强抢去成亲，所以自杀了。

绍兴从前通行的新娘装束，我想或者与这种传说不无关系。其中最可注意的，便是新娘出轿来的时候所戴的纸制的“花冠”。那冠是以竹丝为架，外用红绿色纸及金纸糊成，上插有二寸多长的泥人，名叫“花冠菩萨”。照一般的情形说来，本来活人是不能戴纸帽子的，例如夏季中专演给鬼看的“大戏”(Doohsii)和“目莲”，台旁挂有许多纸帽，戏中人物均穿戴如常，唯有出台来的鬼王以及活无常(Wueh-wuzoang)，总之凡属于鬼怪类的东西才戴这挂在那里的纸帽。(进台时仍取下挂在台边，不带进后台去，演戏完毕同纸钱一并焚化。)今新娘也戴纸帽，岂扮作一种花煞神之类乎？又所穿的那件“红绿大袖”也不像常人所穿的衣服，形状颇似“女吊神”背心底下所穿的那件红衫子。又据一位朋友说，绍兴有些地方，新娘有不穿这件贳来的“红绿大袖”而借穿别人家的“寿衣”的，只是什么理由却不知道。我想，只要实地去考查，恐怕可以找出些道理来，从老年人的记忆上或可以得到些有用的材料。

搜轿确似在搜别的妖怪，不是搜花煞神。因为花轿中还能藏匿各种别的鬼怪，足为新娘之害，如《欧阳方成亲》那出戏中，花轿顶上藏有一个吊死鬼，后被有日月眼的郑三弟看出，即是一例。

还有，绍兴许多人家结婚时向用“礼生”念花烛的，但别有些人家却用一个道士来念。我曾听见过一次，虽然念的不过是些吉利话，但似乎也是很有意义的事情。我看道士平时所做的勾当，如发符上表作法等，都是原始民族中术士的举动，结婚时招道士来祝念，当有魔术的意思含在里边，虽然所念的已变成了吉利话而非咒语了。中国是极古老的国度，原始时代的遗迹至今有的还保留着，只要加意调查研究，当可得到许多极有价值的资料。事情又说远了，就此"带住"罢。

顺风上，三月九日于上海。

[岂明案] 新娘那装束，或者是在扮死人，意在以邪辟邪，如方相氏之戴上鬼脸。但是其中更有趣味的，乃是结婚与死的问题。我记起在希腊古今宗教风俗比较研究书中说及同样的事，希腊新娘的服色以及沐浴涂膏等仪式均与死人时相同。绍兴新人们的衣服都用香熏，不过用的是芸香，而熏寿衣则用柏香罢了；他们也都举行"滹浴"的典礼，这并不是简单的像我们所想的洗澡，实在与殓时的同样地是一种重要的仪式。希腊的意思我们是[①]可以知道的，他们关于地母崇拜古时有一种宗教仪式，大略如原始民族间所通行的冠礼（Initiation），希腊则称之曰成就（Telos），他的宗旨是在宣示人天交通的密义，人死则生天上，与

诸神结合，而以男女配偶为之象征。人世的结婚因此不啻即具体的显示成就之欢喜，亦为将来大成就（死）的永生之尝试，故结婚常称作成就，而新人们则号为成就者（Teleioi）。所以希腊的风俗乃是以结婚的服饰仪式移用于死者，使人不很觉得死之可悲，且以助长其对于未来的希望。《陀螺》中我曾译有三首现代希腊的挽歌，指出其间有一个中心思想，便是将死与结婚合在一处，以为此世的死即是彼[②]世的结婚。今转录一首于下：

儿呵，你为甚要去，到幽冥里去？
那里是没有公鸡啼，没有母鸡叫，
那里没有泉水，没有青草生在平原上。
饿了么？在那里没有东西吃；
渴了么？在那里没有东西喝；
你要躺倒休息么？你得不到安眠。
那么停留罢，儿呵，
在你自己的家里，停留在你自己的亲人里。
不，我不停留了，
我的亲爱的父亲和深爱的母亲。
昨天是我的好日，昨晚是我的结婚，
幽冥给我当作丈夫，坟墓做我的新母亲。

至于绍兴的风俗是什么意思我还不能领会，我看他不是同[3]希腊那样的拿新娘的花冠去给死人戴，大约是颠倒地由活人去学死装束的。中国人的心里觉得婚姻是一件“大事”，这当然也是有的，但未必会发生与死相联属的深刻的心理；独断地说一句，恐怕不外是一种辟邪的法术作用罢。这种事情要请专门的祭[4]司来管，我们开篷的道士实在有点力有不及。还有，那新娘拜堂时手中所执的掌扇，也不知道是什么用的，——这些缘起传说或者须得去问三埭街的老嫚，虽然不免有些附会或传讹，总还可以得到一点线索罢。

三月十六日。

【锺校】

①原无“是”字，今增。

②“彼”原作“被”。

③“不是同”原作“是不同”。

④“祭”原作“厨”。

爆竹

读蔼理斯的《人生之舞蹈[1]》（Havelock Ellis: *The Dance of Life*, 1923），第一章里有这样的一节话：

中国人的性格及其文明里之游戏的性质，无论只是远望或接近中国的人，都是知道的。向来有人说，中国人发明火药远在欧洲人之前，但除了做花炮之外别无用处。这在西方看来似乎是一个大谬误，把火药的贵重的用处埋没了；直到近来才有一个欧洲人敢于指出“火药的正当用处显然是在于做花炮，造出很美丽的东西，而并不在于杀人”。总之，中国人的确能够完全了解火药的这个正当用处。我们听说，“中国[2]人的最明显的特性之一是欢喜花炮”。那最庄重的人民和那最明智的都忙着弄花炮；倘若柏格森著作——里边很多花炮的隐喻——翻译成中国文，我们可以相信，中国会得产出许多热心的柏格森派来呢。

火药的正当用处在于做花炮，喜欢花炮是一种好脾气，我也是这样想，只可惜中国人所喜欢的不是花炮而是爆竹，——即退[③]一步说，喜欢爆竹也是好的，不幸中国人只喜[④]欢敬神（或是赶鬼）而并不喜欢爆竹。空中丝丝的火花，点点的赤光，或是砰訇的声音，是很可以享乐的，然而在中国人却是没有东西，他是耳无闻目无见地只在那里机械地举行祭神的仪式罢了。中国人的特性是麻木，燃放爆竹是其特征。只有小孩子还没有麻木透顶，其行为稍有不同，他们放花炮，——虽然不久也将跟了人学坏了，此时[⑤]却是真心地赏鉴那“很美丽的东西”，足以当得蔼理斯的推奖的话。这种游戏的分子才应充分保存，使生活充实而且愉快，至于什么接财神用的“凤尾鞭一万头”，——去你的罢！

花炮的趣味，在中国人里边可以说是已经失掉了，只是“热心的柏格森派”——以及王学家确是不少，这个预言蔼理斯总算说着了。甲子年立春日，听了一夜的爆竹声之后，于北京记。

以上是一篇旧作杂感，题名是《花炮的趣味》，现在拿出来看，觉得这两年之内有好些改变，柏格森派与王学家早已不大听见了，但爆竹还是仍旧。我昨天“听了一夜的爆竹声”，不禁引起两年前的感慨。中国人的生活里充满着迷信，利己，麻木，在北京市民彻夜燃放那惊人而赶鬼的爆竹的一件事上可以看出，而且这力量又这样大，连军警当局都禁止不住。我又不禁感到一九二一年所作《中国人的悲哀》诗中的怨恨：

我睡在家里的时候，
他又在墙外的他家院子里，
放起双响的爆竹来了。

【锺校】

①“蹈”原作“踏”。

②原无“国”字，今增。

③“退”原作“进”。

④“喜”原作“善”。

⑤此处原衍“却时”二字，已删。

心中

三月四日北京报上载有日本人在西山旅馆情死事件，据说女的是朝日轩的艺妓名叫来香，男的是山中商会店员“一鹏”。这些名字听了觉得有点希奇，再查《国民新报》的英文[①]才知道来香乃是梅香（Umeka）之误，这是所谓艺名，本名日向信子，年十九岁，一鹏是伊藤传三郎，年二十五岁。情死的原因没有明白，从死者的身分看来，大约总是彼此有情而因种种阻碍不能如愿，与其分离而生不如拥抱而死，所以这样地做的吧。

这种情死在中国极少见，但在日本却很是平常，据佐佐醒雪的《日本情史》（可以称作日本文学上的恋爱史论，与中国的《情史》性质不同，一九〇九年出版）说，南北朝（十四世纪）的《吉野拾遗》中记里村主税家从人与侍女因失了托身之所，走入深山共伏剑而死，六百年前已有其事。

这一对男女相语曰，“今生既尔不幸，但愿得来世永远相聚”，这就成为元禄式情死的先踪。自南北朝至足利时代（十五六世纪）是那个“二世之缘”的思想逐渐分明的时期，到了近世，宽文（1661—1672）前后的伊豫地方的俗歌里也这样的说着了：

“幽暗的独木桥，
郎若同行就同过去罢，
掉了下去一同漂流着，
来世也是在一起。”

元禄时代（1688—1793）于骄奢华靡之间尚带着杀伐的蛮风，有重果敢的气象，又加上二世之缘的思想，自有发生许多悲惨的情死事件之倾向。

这样的情死日本通称“心中”（Shinjiu）。虽然情死的事实是“古已有之”，在南北朝已见诸记载，但心中这个名称却是德川时代的产物。本来心中这一个字的意义就是如字讲，犹云衷情，后来转为表示心迹的行为，如立誓书，刺字剪发等等。宽文前后在游女社会中更发现杀伐的心中，即拔爪，斩指，或刺贯臂股之类，再进一步自然便是以一死表明相爱之忱，西鹤称之曰“心中死”（Shinjiujini），在近松的戏曲中则心中一语几乎限于男女二人的情死了。这个风气一直流传到现在，心中也就成了情死的代用名词。

［立誓书现在似乎不通行了。尾崎久弥著《江户软派杂考》中根据古本情书指南《袖中假名文》引有一篇样本，今译录于后：

盟誓

今与某人约为夫妇，真实无虚，即使父母兄弟无论如何梗阻，决不另行适人，倘若所说稍有虚伪，当蒙日本六十馀州诸神之罚，未来永远堕入地狱，无有出时。须至盟誓者。

年号月日　　　　女名（血印）

某人（男子名）

中国旧有《青楼尺牍》等书，不知其中有没有这一类的东西。］

近松是日本最伟大的古剧家，他的著作由我看来似乎比中国元曲还有趣味。他所做的世话净琉璃[2]（社会剧）几乎都是讲心中的，而且他很同情于这班痴男怨女。眼看着他们被挟在私情与义理之间，好像是弶上的老鼠，反正是挣不脱，只是拖延着多加些苦痛，他们唯一的出路单是“死”，而他们的死却不能怎么英雄的又不是超脱的，他们的“一莲托生”的愿望实在是很幼稚可笑的，然而我们非但不敢笑他，还全心的希望他们大愿成就，真能够往生佛土，续今生未了之缘。这固然是我们凡人的思想，但诗人到底也只是凡人的代表，况且近松又是一个以慰藉娱悦民众为事的诗人，他的咏叹心中正是当然事，据说近松的净琉璃盛行以后[3]民间的男女心中事件大见增加，可以想见他的势力。但是真正鼓吹心中的艺术还要算净琉璃的别一派，即“新内节”（Shinnai-bushi）。“新内节”之对于心中的热狂的向往几乎可以说是病态的，不管三七二十一的唯以一死为归宿。新吉原的游女听了流[4]行的新内派的悲歌，无端的引起了许多悲剧，政府乃于文化初年（十九世纪初）禁止“新内节”不得入吉原，唯于中元许可一日，以为盂兰盆之供养，直至明治维新这才解禁。“新内节”是一种曲，且说且唱，翻译几不可能，今姑摘译《藤蔓恋之栅》末尾数节，以为心中男女之回向。此篇系鹤贺新内所作，叙藤屋喜之助与菱野屋游女早衣的末路，篇名系用喜之助的店号藤字敷衍而成，大约是一七七〇年顷之作云。（据《江户软派杂考》）

世上再没有像我这样苦命的人，五六岁的时候死了双亲，只靠了一个哥哥，一天天的过着艰难的岁月，到后来路尽山穷，直落得卖到这里来操这样的行业。动不动就挨老鸨的责骂，算作稚妓出来应接，彻夜的担受客人的凌虐，好容易换下泪湿的长袖，到了成年，找到你一个人做我的终身的倚靠。即使是在荒野的尽头，深山的里面，怎样的贫苦我都不厌，我愿亲手煮了饭来大家吃。乐也是恋，苦也是要恋，恋这字说的很明白：恋爱就只是忍耐这一件事。——太觉得可爱可爱了，一个人便会变了极风流似的愚痴，管盟誓的诸位神明也不肯见听。反正是总不能配合的因缘，还不如索性请你一同杀了罢！说到这里，袖子上已成了眼泪的积水潭，男子也举起含泪的脸来，叫一声早衣，原来人生就是风前的灯火，此世是梦中的逆旅，愿只愿是未来的同一个莲花座。听了他这番话，早衣禁不住落下欢喜泪。息在草叶之阴的爹妈，一定是很替我高兴罢，就将带领了我的共命的丈夫来见你。请你们千万不要怨我，恕我死于非命的罪孽。阎王老爷若要责罚，请你们替我谢罪。祐天老爷释迦老爷都未必弃舍我罢？我愿在旁边侍候，朝朝暮暮，虔心供奉茶汤香花，消除我此生的罪障。南无祐天老爷，释迦如来！请你救助我罢。南无阿弥陀佛！

［祐天上人系享保时代（十八世纪初）人，为净土宗中兴之祖，江户人甚崇敬，故游女遂将他与释迦

如来混在一起了。]

木下杢太郎（医学博士太田正雄的别号）在他的诗集《食后之歌》序中说及“那鄙俗而充满着眼泪的江户平民艺术”，这种净琉璃正是其一，可惜译文不行，只能述意而不能保存原有的情趣了。二世之缘的思想完全以轮回为根基，在唯物思想兴起的现代，心中男女恐不复能有莲花台之慰藉，未免益增其寂寞，但是去者仍大有人在，固亦由于经济迫压，一半当亦如《雅歌》所说由于“爱情如死之坚强”欤。中国人似未知生命之重，故不知如何善舍其生命，而又随时随地被夺其生命而无所爱惜，更未知有如死之坚强的东西，所以情死这种事情在中国是绝不会发见的了。

鼓吹心中的祖师丰后掾据说终以情死。那么我也有点儿喜欢这个玩意儿么？或者要问。“不，不。一点不。”

十五年，三月六日。

[附记][5]见三月七日的日文《北京周报》（199），所记稍详，据云女年十八岁，男子则名伊藤荣三郎，死后如遗书所要求合葬朝阳门外。女有信留给[6]她的父亲，自叹命薄，并谆嘱父母无论如何贫苦勿再将妹子

卖为艺妓。荣三郎则作有俗歌式的绝命词一章，其词曰：

交情愈深，便觉得这世界愈窄了。

虽说是死了不会开花结实，

反正活着也不能配合，还有什么可惜这两条的性命。

《北京周报》的记者在卷头语上颇有同情的论调，但在《北京村之一点红》的记事里想像的写男女二人的会话，不免有点“什匿克”（这是孤桐社主的Cynic一字的译语）的气味，似非对于死者应取的态度。中国人不懂情死，是因为大陆的或唯物主义的之故，这说法或者是对的；日本人到中国来，大约也很受了唯物主义的影响了罢，所以⑦他们有时也似乎觉得奇怪起来了。

【锺校】

①此处原衍“部”字，已删。

②“净琉璃”原作“琉净璃”。

③原无“后”字，今增。

④“流”原作“游”。

⑤原无“［附记］”二字，今增。

⑥原无“给”字，今增。

⑦“以”原作“有”。

希腊女诗人

希腊女诗人萨福，正言萨普福（Sappho），生当耶稣纪元前六百年顷，在中国为周定王时代。其生前行事已不可考，唯据古代史家言，萨福有二弟，一名赖列诃思（Larikhos），为乡宴奉爵者，旧例是职以名门子弟之慧美者充之，故知其为勒色波思（Lesbos）贵族。次名哈拉克琐思（Kharaxos），业运酒，至埃及遇一女子，名罗陀比思（Rhodopis），悦之，以巨金赎其身；罗陀比思者谊云蔷薇颊，旧为耶特芒（Iadmon）家奴，与《寓言》作者埃索坡思（Aisopos，旧译伊索）为同僚也。后世或称萨福嫁安特罗思（Andros）富人该耳珂拉思（Kerkolas），而事实无考，且该耳珂拉思本谊曰尾（引申为男根，案如中国云交尾），安特罗思者牡也，盖希腊末世喜剧作者所造，用作嘲弄。又或谓萨福慕法恩（Phaon）之美，欲从之而法恩不肯，乃投白岩（Leukas）而死。

（相传爱慕不谐，由岩上投海，或不死，则旧爱亦自灭。）顾考一世纪时赫法斯谛恩（Hephaistion）所编投岩人名表，无萨福名，希腊诗人亦称萨福葬于故乡，非死于海，近世学者断为后世诬言，殆犹易安居士再嫁之故事耶？

希腊神话中有九神女，司文章音乐之事，人称萨福为第十诗神，又以诃美洛思（Homeros，旧译荷马）为诗人，萨福为女诗人，推重备至。顾后世基督教人病其诗太艳逸，于三百八十年时并其他希腊人诗集拉杂焚之，故今日不传，第从希腊罗马著作中所引搜辑得百馀则，成句者仅半，成章者不及十一矣。其诗情文并胜，而比物丽词尤极美妙，今略述其意，以见一斑。其一云：

凉风嗫嚅，过棠棣枝间，睡意自流，自颤叶而下。

善能状南方园林之景，谛阿克利多思（Theokritos）牧歌第七云，“白杨榆树动摇顶上，神女庙边灵泉自涌，如闻私语”，盖仿佛近之。其二云：

月落星沉，良夜已半，光阴自逝，而吾今独卧。

其三云：

满月已升，女伴绕神坛而立，或作雅舞，践

弱草之芳华。

其四云：

甘棠色赪于枝头，为采者所忘，——非敢忘也，但不能及耳。

甘棠（Glukumalon）者以频果接种于柚树而成，用之作昵称。谛阿克利多思诗第九云：“吾欢乎，吾歌汝甘棠也。”其五云：

如山上水仙，为牧人所践，花萎于地。

罗马诗人加都卢思（Catullus）云：“汝毋更念旧欢；已杀吾爱，如野花之压于锄犁矣。”又佛吉刘思（Vergilius）诗状少年之死云：“彼倏萎死，如紫花为犁所割。”殆皆从此出也。或称萨福喜蔷薇，恒加以咏叹，比之美人，如上所[1]举亦足以[2]见其一例。萨福又善铸词，如上文之甘棠，又谓莺云春使（Eros angelos），爱云苦甘（Glukupikron），英诗人斯温朋（Swinburne）最喜用之，尝[3]有句云：“甘中最苦苦中最甘者。”萨福又咏爱云：

爱摇吾心，如山风降于栎树。

尚有二章亦歌爱恋，篇幅较长，为集中冠，兹不克译。译诗之难，中外同然，虽以同系之语且不能合，况希腊与华言之隔，而萨福诗又称不可传译者乎。故余仅能选取一二，疏其大意如右，不强范为韵语，倘人见此以为萨福诗不过尔尔，则皆[4]述者之过，于萨福之诗固无与耳。

以上系民国四年所作，登在绍兴《禹域日报》上的一篇小文，我在刘大白先生诗集《旧梦》序中曾经说及，近日忽然在故纸堆中找着，便把他转录在《茶话》里。这当然不是想表彰我能写所谓古文，求孤桐先生的青及，不过因为萨福跳海的故事流传太久，大家都喜欢讲，最近的《东方杂志》（二三之一）上也还转载一幅投崖图，现在将萨福事迹略略说明，或者也不无用处。其实呢，“身后是非谁管得，满村听唱蔡中郎”，跳海之说倒也罢了，还有些学者硬派“磨镜党”去奉萨福为祖师，以致 Sapphism 一字弄成与 Tribadism 同义。十九世纪欧洲学者如德之威耳寇（Welker）义之孔巴勒谛（Comparetti）英之华敦（H. T. Wharton）等为求真起见，为萨福更正了许多流言，若是完全当她作一个诗人看，或者附有这些传说倒反更有意思，也未可知。

上文所说两篇较长的情诗之一，名叫《赠所欢》（*Eis Eromenan*）的，去年我曾译出，登在《语丝》第二十期上。又在《希腊的小诗》一文中也译有萨福残诗五则，及墓铭一首。今天翻阅她的遗诗辑本，看见

第八十五节，觉得很是可喜，不免把他抄了下来。

我有一个好女儿，
身材像是一朵黄金花，
这就是可爱的克来伊思，
我不希望那美的勒色波思，
也不再要那整个的吕提亚。

勒色波思岛系作者故乡，吕提亚（Lydia）为小亚细亚的希腊属地，克来伊思（Kléis）据云是萨福的女儿。——喔，我看这诗译得多糟，多么噜嗦，有好些多出来的废字，虽然勒色波思一字原文所无，系原编者加入的，不干我事。总之，译诗是应打手心的，何况又是我的这种蹩脚译呢。

民国十五年三月九日。

【锺校】

①“所”原作“如”。

②“以”原作“为”。

③“尝”原作“常”。

④此处原衍“是”字，已删。

《马琴日记抄》

马琴（Bakin，1767—1848）是日本有名的旧小说家，所著小说有二百六十种，其中《南总里见八犬传》一书，共九集一百六卷，计历时二十八年始成，称为马琴最大杰作。但是我不知怎地总是不很喜欢。这个原因大约很复杂，因为我自己知道养成这个偏见的缘由就有好几种。第一，我对于历史小说没有多大敬意，虽然知道人生总有一个浪漫的时期，所以浪漫的故事也自有其生命，永远不愁没有读者。第二，马琴的教训主义令我不满意。他曾这样替他的著作辩解：

> 余著无用之书，将以购有用之书也。夫大声不入俚耳，稗史虽无益，寓以劝善惩恶之意则于妇孺无害，且售小说者及书画印刷装订诸工皆得以此为衣食，岂非亦属太平之馀泽耶。

这很足以代表当时流行的儒教思想，但在我看来却还不如那些“戏作者”的洒落本与滑稽本更能显出真的日本国民的豁达愉快的精神。第三，马琴自己说“余多读华人之稗史小说，择其文之巧致者而仿为之”，所以这些作品于我们华人都没有什么趣味。讲到日本的伟大小说，自有那世界无比的十世纪时的《源氏物语》。第四，以前读外骨的《山东京传》，见所记马琴背其师京传，即送葬亦不至，且为文对于京传多所诋毁，因此遂不喜马琴之为人。有这四个原因，我的反马琴热便根深蒂固地成立了。

近来在旧书店的目录上见到一本《马琴日记抄》，就写信去要了来，因为日记类是我所喜欢看的。这是飨庭篁村所编，从一八三一年以后的十四五年的日记中分类抄录，约有一百二十项，马琴晚年的生活与性情大抵可以想见，但是我仍旧觉得不能佩服，因为他是这样的一位[1]道学家。称赞他的人都说他是谨严不苟，这或者是的。随便引几条，都可以为例。

天保五年（1834）三月二十六日，昼饭后九半时（今午后一时）家人诣深光寺扫墓，余因长发不能参与。

按日本以前剃顶发，发长则为不祥不敬，不便外出或参与典礼。

天保九年闰四月十日，入夜阿百（其妻名）

又对余怨怼，云将舍身。余徐谕之，七年以来吾家不治毕竟由吾不德所致，不能怨尤他人。夫妇已至七十馀岁，馀命几何，勿因无益之事多劳心力，又谕以万事皆因吾之不德所致。但彼未肯甘服，唯怨怒稍缓，旋止。女子与小人为难养，圣人且然，况吾辈凡夫，实堪愧恧。

×

天保十五年五月六日，令阿路（其寡媳名，马琴时已失明，一切著述都由她代笔）读昨夜兼次郎所留置之为永春水著《大学笑句》，玩弄经书，不堪听闻，即弃去。

《大学笑句》盖模拟《大学章句》之名，日本读音相近。

天保十五年六月十日，土屋桂助、岩井政之助来，致暑中问候。政之助不着裳，失礼也。

但是我的偏见觉得这种谨严殊不愉快，很有点像法利赛人的模样。从世俗的礼法说来，马琴大约不愧为严谨守礼的君子，是国家的良民，但如要当文艺道中的骑士，似乎坚定的德性而外还不可不有深厚的情与广大的心。我们读诗人一茶的日记在这些方面能够更感到满足。《七番日记》中有这样一条，照原文抄录于下，这是文化十一年（1814）五月的记事。

四日[2]晴，夕小雨，夜大雨，处处川出水。

今夜关之契下女，于草庵欲为同枕，有障残书，关之归野尻而下女不来。

一茶在野尻村有门人关之，不能和情人相见，一茶便让他们到自己家里来会，后来关之因为有事，留下一封信，先回家去了，她却终于没有来，大约是因为大雨河水泛滥的缘故罢。一茶这种办法或者不足为训，但是寥寥几行文字怎样地能表出乖僻而富于人情味的特性来呵。岛崎藤村在《一茶旅日记》的序中说，与芭蕉、芜村等相比，一茶是和我们的时代更相近的人物，的确不错。这样说来，马琴也可以说是和我们的时代比较相远的人物，虽然他比一茶还要小四岁。

马琴本名泷泽解（Takizawa Kai），是士族出身。

【锺校】

①“位”原作“切”。

②原无“日”字，今增。

牧神之恐怖

我们学英文的时候，看见有“潘匿克”（Panic）一个字，查字典只说是“过度的恐慌”，不知道到底是怎么一回事。后来亲身经历过几件事，这才明白他的意思了。有一回是一九一一年秋天，革命潮流到了东南，我们的县城也已光复，忽然一天下午大家四面奔逃，只说“来了来了！”推测起来大约是说杭州的驻防杀来了，但是大家都说不清楚。今年四月北京的恐慌也很厉害，异于寻常，这也可为“潘匿克”之一例。

“潘匿克”这个字的来源说来很有趣味，虽然实际的经验是不大舒服。据语源字典说，潘匿克源出希腊语 To Panikon，系 To Panikon Deima 之略，意云潘的恐怖。潘（Pan）为牧神，人身羊足，头上有羊耳羊角，好吹编箫，见希腊神话，文学及美术作品中多有之。但他又好午[1]睡，如有人惊动了他，他便将使羊群或人突然惊怖狂奔，发生灾祸。这是牧神的恐怖一语成立的源因。谛阿克列多思（Theokritos）《牧歌》第一章云：

不，牧人，我们日中不当吹箫。我们怕那牧神（To Pana dedoikames），因为在这时候他打猎困倦了正在休息。

《旧约·诗篇》第九十一首第六章原有这样的两句（照官话译本）：

也不怕黑夜行的瘟疫，或是午间灭人的毒病。

末句在七十人译希腊文本作"日中的鬼祸"，据洛孙（J. C. Lawson）在《现代希腊民俗与古代宗教》中说，即是牧神之恐怖的迷信之遗留。大抵在希腊正午是很热的，最适于午睡，但是又容易梦魇或得病，所以人们觉得这个时辰有点古怪，不但要得罪老潘，就是见舍伦（《雨天的书》里有一篇是讲她的）也大都是这样的时候。中国最丰富于此种经验而没有通用的名称，不知是怎的。因此我想到编字典之难，注一句说明不算什么，要对译一个字（或词）那可就不容易了。

【锺校】

①"午"原作"牛"。

文人之娼妓观

七月三日《国学周刊》上载《退园随笔》，记郎葆辰画蟹诗，有这一节话：

郎观察葆辰善画蟹，官京师时，境遇甚窘，画一蟹值一金，借以存活。平康诸姊妹鸠金求画，郎大怒，忿然曰，吾画当置幽人精室，岂屑为若辈作耶！盖自重其画，亦自重其品如此。

《冬心集拾遗》中有杂画题记一卷，有两则颇妙，抄录于下：

雪中荷花世无有画之者，漫以己意为之。鸬鹚堰上若果如此，亦一奇观也。

×

昨日写雪中荷花，付棕亭家歌者定定。今夕剪烛画水墨荷花以赠邻庵老衲。连朝清课，不落屠沽儿手，幸矣哉。

我们读上边的文章，觉得两人对于妓女的态度很不相同。郎葆辰是义正词严的一副道学相，傲慢强横，不可向迩；金冬心则很是宽容，把娼女与和尚并举，位在恶俗士夫之上。但是他不过只是借此骂那些绅士，悻悻之色很是明了，毕竟也是儒家的派头，只少些《古文观止》气罢了。

芭蕉是日本近代有名的诗人，是俳句这一种小诗的开山祖师，所著散文游记也是文学中的名著。元禄二年（1689）作奥羽地方的旅行，著有纪行文一卷曰《奥之细道》，是他的散文的杰作。其中有一节云：

今天经过亲不知、子不知、回犬、返驹等北国唯一的难地，很是困倦，到客店引枕就寝，闻前面隔着一间的屋子里有青年女人的声音，似乎有两个人，年老男子的话声也夹杂在里面。听他们的谈话知道是越后国新潟[①]地方的妓女。她往伊势去进香，由男仆送到这个关门，明天打发男子回去，正在写信叫他带回，琐碎地嘱咐他转达的话。听她说是渔夫的女儿，却零落了成为妓女，漂泊在海滨，与来客结无定之缘，日日受此业报，实属不幸。听着也就睡了。次晨出发时她对我们说，因不识路途非常困难，觉得胆怯，可否准她远远地跟着前去，请得借法衣之力，垂赐慈悲，结佛果之缘，说着落下泪来。我们答说，事属可悯，唯我辈随处逗留，不如请跟别的进香者更为便利，神明垂佑必可无虑，随即出发，心中一时觉得很是可哀。

Hitotsu ie ni,
Yujo mo netar——i,
Hagi to tsuki.
（意云：在同一家里，
游女也睡着，——
胡枝子和月亮。）

我把这句诗告诉曾良，他就记了下来。

我们可以说这很有佛教的气味，实在芭蕉诗几乎是以禅与道做精髓的，而且他也是僧形，半生过着行脚生活。他的这种态度，比儒家的高明得多了，虽然在现代人看来或者觉得不免还太消极一点。陀[②]思妥也夫斯奇在《罪与罚》里记大学生拉思科耳尼科夫跪在苏菲亚的面前说：

> 我不是对着你跪，我是跪在人类的一切苦难之前。

这是本于耶教的精神，无论教会与教士怎样地不满人意，这样伟大的精神总是值得佩服的。

查理路易菲立（Charles-Louis philippe）的小说我没有多读，差不多不知道，但据批评家说，他的位置是在大主教与淫书作者之间，他称那私窝子为“可怜的小圣徒”（Pauvre petite sainte)，这就很中了我的意，觉得他是个明白人，虽然这个明白是他以一生的苦难去换来的。我们回过来再看郎葆辰，他究竟是小资产阶级，他有别一种道德也正是难怪的了。

芭蕉的纪行文真是译不好，那一首俳句尤其是没法可想，只好抄录原文，加上大意的译语。这诗并不见得怎么好，他用萩（胡枝子）与月来做对比，似太平凡，但在他的风雅的句子里放进“游女”去，颇有意思，显出他不能忘情的神情。中国诗很多讲到妓女的，但这种神情似乎极是少见。七月六日补记。

【鄢校】

①“新潟”原作“新瀉”。

【锺校】

②“陀”原作“阿”。

菱角

每日上午门外有人叫卖“菱角”，小孩们都吵着要买，因此常买十来包给他们分吃，每人也只分得十几个罢了。这是一种小的四角菱，比刺菱稍大，色青而非纯黑，形状也没有那样奇古，味道则与两角菱相同。正在看乌程汪曰桢的《湖雅》（光绪庚辰即1880年出版），便翻出卷二讲菱的一条来，所记情形与浙东大抵相像，选录两则于后：

《仙潭文献》：“水红菱”最先出。青菱有二种，一曰“花蒂”，一曰“火刀”，风干之皆可致远，唯“火刀”耐久，迨春犹可食。因塔村之“鸡腿”，生啖殊佳；柏林圩之“沙角”，熟瀹颇胜。乡人以九月十月之交撤荡，多则积之，腐其皮，如收贮银杏之法，曰“阖菱”。

《湖录》：菱与芰不同。《武陵记》：“四角三角曰芰，两角曰菱。”今菱湖水中多种两角，初冬采之，曝干，可以致远，名曰“风菱”。唯郭西湾桑渎一带皆种四角，最肥大，夏秋之交，煮熟鬻于市，曰“熟老菱”。

按，鲜菱充果，亦可充蔬。沉水乌菱俗呼“浆菱”。乡人多于溪湖近岸处水中种之，曰“菱荡”，四围植竹，经绳于水面，闲之为界，曰“菱簄竹”。……

越中也有两角菱，但味不甚佳，多作为“酱大菱”，水果铺去壳出售，名“黄菱肉”，清明扫墓时常用作供品，“迨春犹可食”，亦别有风味。实熟沉水抽芽者用竹制发篦状物曳水底摄取之，名“掺芽大菱”，初冬下乡常能购得，市上不多见也。唯平常煮食总是四角者为佳，有一种名“驼背白”，色白而拱背，故名，生熟食均美，十年前每斤才十文，一角钱可得一大筐，近年来物价大涨，不知需价若干了。城外河中弥望皆[1]菱荡，唯中间留一条水路，供船只往来，秋深水长风起，菱科漂浮荡外，则为“散荡”，行舟可以任意采取残留菱角，或并摘菱科之嫩者，携归作菹食。明李日华在《味水轩日记》卷二（万历三十八年即一六一〇）记途中窃菱事，颇有趣味，抄录于左。

九月九日，由谢村取馀杭道，曲溪浅渚，被

水皆菱角，有深浅红及惨碧三色，舟行掬手可取而不设塍堑，僻地俗淳，此亦可见。余坐篷底阅所携《康乐集》，遇一秀句则引一酹，酒渴思解，奴子康素工掠食，偶命之，甚资咀嚼，平生耻为不义，此其愧心者也。

水红菱只可生食，虽然也有人把他拿去作蔬。秋日择嫩菱瀹熟，去涩衣，加酒酱油及花椒，名“醉大菱”，为极好的下酒物（俗名过酒坯），阴历八月三日灶君生日，各家供素菜，例有此品，几成为不文之律。水红菱形甚纤艳，故俗以喻女子的小脚，虽然我们现在看去，或者觉得有点唐突菱角，但是闻水红菱之名而“颇涉遐想”者，恐在此刻也仍不乏其人罢？

写《菱角》既了，问疑古君讨回范寅的《越谚》来一查，见卷中“大菱”一条说得颇详细，补抄在这里，可以纠正我的好些错误。甚矣我的关于故乡的知识之不很可靠也！

老菱装篰，日浇，去皮，冬食，曰[2]“酱大菱”。老菱脱蒂沉湖底，明春抽芽，捞起，曰“搀芽大菱”，其壳乌，又名“乌大菱”。肉烂壳浮，曰“氽起乌大菱”，越以讥无用人。搀菱肉黄，剥卖，曰“黄菱肉”。老菱晾干，曰“风大菱”。嫩菱煮坏，曰“烂勃七”。

【锺校】

①原无“皆”字，今增。

②“曰”原作“昰”。

疟鬼

赵与时《宾退录》卷七云：

> 世人疟疾将作，谓可避之他所，闾巷不经之说也，然自唐已然。高力士流巫州，李辅国授谪制时，力士方逃疟功臣阁下。杜子美诗："三年犹疟疾，一鬼不销亡。隔日搜脂髓，增寒抱雪霜。徒然潜隙地，有靦屡鲜妆。"则不特避之，而复涂抹其面矣。

避疟这件事，我在十四五岁的时候还曾经做过，结果是无效，所以下回便不再避了。乡间又认疟疾为人所必须经过的一种病，有如痘疹之类，初次恒不加禁断，任其自发自愈，称曰"开昂"（Ke-ngoang）。疟鬼名"腊塌四相公"，幼时在一村庙中曾见其塑像。共四人，并坐龛中，衣冠面貌都不记忆，唯记得一人手持吹火筒，一持芭蕉扇，其馀两个手中的东西也已忘却了。据同伴的工人说明，持扇者扇人使发冷，持火筒者一吹则病人陡复发热云。俗语称一般传染病云腊塌病，故四相公亦以是名。本来民间迷信愈古愈多，这种逃疟涂面的办法大抵传自“三代以前”，不过到了唐代始见著录罢了。英国安特路兰（Andrew Lang）曾听见一位淑女说，治风湿的灵方是去偷一个马铃薯，带在身边，即愈；他从这里推究出古今中外的关于何首乌类的迷信的许多例来，做了一篇论文曰《摩吕与曼陀罗》（*Moly and Mandragora*），收在《风俗与神话》的中间。迷信的源远流长真是值得惊叹。

耍货

《湖雅》卷九“器用之属”中有这一节：

摩侯[①]罗，按即泥孩儿，俗称“泥菩萨”，以毗山泥造人物形，儿嬉所用。有泥猫，置蚕筐中，以辟鼠，曰“蚕猫”。又以五色粉造人物形，曰“粉作”；熬蔗糖和以麦面，就木范中浇成人物形，曰“糖作”，亦呼“糖菩萨”，亦呼“糖人”；熬青糖，就木范中吹成人物形，曰“吹糖”，皆以供儿嬉。酒筵看席或用粉作糖作盛碟，以配粘果。凡小儿戏具，皆以木以锡以纸以泥造成，形式名目甚多，统名耍货。

又查《通俗编》卷三十一“俳优”类有“泥孩儿”一则，今录于下：

《老学庵笔记》：鄜州田玘作泥孩儿名天下，一对直至十缣，一床直至三十千。一床者，或五或七也。许棐有咏泥孩儿诗。

《方舆胜览》：平江府土人工于泥塑，所造摩侯罗尤为精巧。

《白獭髓》：游春黄胖起于金门，地有杏花园，游人取其黄土戏为人形，谓之湖上土宜。

按，摩侯罗，游春黄胖，俱泥孩之别称也。

又《广异记》载韦训卢赞善事，有帛新妇子磁新妇子，乃即今所谓“美人儿”，而肖婴孩者亦往往剪帛烧磁不一。

范寅著《越谚》（1882），收录方言颇为详备，我以为定有好些要货的名称。岂知检阅一过，却没有什么，殊出意外。孙锦标的《通俗常言疏证》（1925）虽最近出，但专以古证今，所以也只寥寥几条，不足称引。中国对于儿童及其生活可以说是很是冷淡了。《潜夫论》云：“或作泥车瓦狗诸戏弄之具，以巧诈小儿，皆无益也。”这或者可以代表中国成人们的玩具观罢。

我读了《湖雅》的文章，却引起了好些回忆，虽然我童年的回忆是那么暗淡而且也很有点模胡了。因为这“要货”二字很是面善，——是的，这是在从市门阁至青黛桥（据说本字是清道桥，但我是照音写的）的一条街，即所谓鹅项街的中间，有几爿店，在他的招牌或墙上写着这两个字曰“要货”。卖的是些什么东西呢？也无非是竹木制的全副兵器，纸糊面具，不倒翁称“勃勃倒”，染色的木盘杯碗酒坛，泥青蛙，或老虎及鸭，大抵背上有孔可吹，或是底板的桑皮纸夹层中置叫子，按起来会吱吱地叫。此外自然有“烂泥菩萨”，无论他是状元，老嫚（Laumoen，堕民中之妇女），或“一团和气”，都平等地陈列在架上，但我们喜欢它却别有缘因，并不是它好看，只因为可以从他们的泥背上刮“痧药”，装在小瓶子里开药铺。全个耍货店的货色，一总不值三五块钱，但是，吓！这店面着实威严，近看远看，已尽够我们的欣羡了。倘若这是正月的前三天，再往东走去，可以在从轩亭口（这是丁字街，即秋瑾女士被害的地方）至大善寺的路上发见一两摊做火漆货的。我还记得，青蛙六文，金鱼八文，三脚蟾十二文，果品大约是四文均一罢，至于摸鱼的老渔翁，白须赤背，则要二十四文，要占去我普通所有的压岁钱四分之一，不敢轻易问鼎了。这些火漆货最易融化，譬如一颗杨梅你搁得久一点，一面就平了，再也看不出用鹅毛管印出的圆点，所以须得每天检点，放在冷水里洗个浴才好；可是这也不很容易，因为有时略略多浸，里面的芦干被浸涨了，三脚蟾之类的背上往往生出裂纹。不过这总还可以玩上几天，糖人面人则只能保存一天左右，而且没有补救的方法。糖人还可以吃了，如不嫌那吹糖人的时常用唾沫去润指尖，面人则唯一的去路便是泔水缸，浸软了一并喂鸡，抛到垃圾堆上去是不可的，因为太“罪过人”了。比较起来最有意思的要算是糖菩萨。这实在是用糖“铸”成的各种物事，有鸡，有马，有鳌鱼，有桥亭，有财神，弥勒佛称“哈啦菩萨”等等，而买时以斤论，每斤不过二百文罢，倘若你到大路口的糖色店里去。一斤，大的可以有三四“尊”，小的则二三十个不等，实在便宜极了。只要隔几天一晒，——而且愈晒愈白，——可以保存到上坟时候，不幸而打碎一个，那就可以分吃，味道与“巧糖”一样。《湖雅》说“用糖作盛碟”，这便是巧糖，有红黄白三色，状如贝壳而平面。但是小儿们所喜欢的还有杂色“棋糖”，这不但因为好吃，好玩，实在还是因为杂得有趣，正如茶食里边的百子糕以及“梅什儿”（即“杂拌”）一样。

关于范寅，我在民国四年的笔记里曾记有一则，题曰《范啸风》：

> 范寅字啸风，别号扁舟子，前清副榜，居会稽皇甫庄，与外祖家邻。儿时往游，闻其集童谣，召邻右小儿，令竞歌唱，酬以果饵，盖时正编《越谚》也。尝以己意造一船，仿水车法，以

轮进舟，试之，本二橹可行，今须六七壮夫足踏方可，乃废去不用。余后登其舟，则已去轮机仍用篙橹矣。晚年老废，辄坐灶下为家人烧火，乞糕饼炒豆为酬，盖畸人也。《越谚》虽仍有遗漏，用字亦未尽恰当，但搜录方言，不避粗俗，实空前之作，亦难能而可贵。往岁章太炎先生著《新方言》，蔡谷清君以一部进之，颇有所采取。《越谚》中收童谣可五十章，重要者大旨已具，且信口记述，不加改饰，至为有识，贤于吕氏之《演小儿语》远矣。

但是《越谚》出版于光绪壬午（1882），其时我尚未出世，至十岁左右，我听见他的轶事，已在出版十二三年后了，所以上文云“正编《越谚》”不确，盖谈者系述往事，误记为当时的事情也。

十五年八月二十七日，于北京苦雨斋。

【锺校】

①“俟”原均作“候”。

图书在版编目(CIP)数据

自己的园地/周作人著作;锺叔河编订.—长沙:岳麓书社,2019.1(2022.7 重印)

ISBN 978-7-5538-0855-0

Ⅰ.①自… Ⅱ.①周…②锺… Ⅲ.①散文集—中国—现代 Ⅳ.①I266

中国版本图书馆 CIP 数据核字(2017)第 320875 号

ZIJI DE YUANDI

自己的园地

周作人著作　锺叔河编订

特约编辑:鄢　琨

责任编辑:蒋　浩

责任校对:舒　舍

书籍设计:风格八号

岳麓书社出版发行

地址:湖南省长沙市爱民路 47 号

直销电话:0731-88804152　0731-88885616

邮编:410006

版次:2019 年 1 月第 1 版

印次:2022 年 7 月第 3 次印刷

开本:787mm×1092mm　1/32

印张:8.75

字数:142 千字

印数:7 001—9 000

书号:ISBN 978-7-5538-0855-0

定价:26.00 元

承印:长沙鸿发印务实业有限公司

如有印装质量问题,请与本社印务部联系

电话:0731-88884129